B杜极短篇故事集（501～600）
（简体字版）

A WORD TO THE WISE (TALES 501~600 IN SIMPLIFIED CHINESE CHARACTERS)

B杜

British Library Cataloguing-in-Publication Data. A CIP catalogue record for this book is available from the British Library.

ISBN 978-1-913080-95-2 (ebook)
ISBN 978-1-913080-94-5 (print)

For my Family

一向平静的桥头小学忽然闯进一名歹徒，此人很快控制住某间教室。

接到报案后，警察立刻疏散全校师生，同时将出事教室团团包围住。

"局长，里面有1名老师，32名学生，歹徒只有1位，手里拿着一把枪。"其中一名警察打电话向局长报告。

"……"

"局长，您听到了吗？"

"听到了，有人员伤亡吗？"

"目前没有。"

"你们稍安勿躁，我打给处长请示一下。"

然后的然后，处长打给厅长，厅长打给部长，此时已是12:42，离出事已过去一个多小时。

"很抱歉，部长正在用餐，他交待除非总统遇袭，否则任何人都不能打扰他吃饭。"部长秘书答。

由于总统没遇袭，所以厅长安静地等待着。当部长终于吃完，时间已接近13:30。

"有人员伤亡吗？"部长问。

"没有，因为有人硬闯进去，赤手空拳把歹徒给制服了。"厅长答。

几个小时后的案件说明会上，从局长到部长都出席了。

"听说最后闯入教室解救人质的是学生家长，请问是否属实？"有记者问。

局长看处长，处长看厅长，厅长看部长，最后部长清清喉咙，答："不属实，闯入的其实是我们事先安排好的秘密警察。正是全体警务人员的周全计划和果断行动，此次艰巨的任务才得以圆满达成，再一次证明'警民一家亲，患难见真情'。"

此时王小川和家人正看着电视的实况转播，他转头问父亲："你是秘密警察？"

王爸挠挠头，答："我也是刚知道。"

（502）

那一年，我到澳大利亚的弗雷泽岛度假，白天不是驾着越野车到处兜风，就是顶着烈日冲浪，把自己晒成一根大黑炭；到了夜里，我就上酒吧买醉，运气好的话，能带一个漂亮妹子回酒店，我就是在这种情况下认识 Yani。

"你好像受到很大的惊吓。"她说。

"没有的事。"我答。

事实上，我的确受到惊吓，明明记得昨晚带回来的是一个金发碧眼的白种人，怎么换成了巧克力女郎？

"我肚子饿了，所以叫了早餐，你不介意吧？"她边说边把香肠切成块放入嘴里。

"不介意。"

"为了回报你的慷慨，中午我请你到黄金海岸吃海鲜。"

"黄金海岸？妳指布里斯班以南的黄金海岸？"

"是的。"

"可是我们现在在弗雷泽岛。"

"我知道。"

弗雷泽岛离黄金海岸约600公里，这里连个机场也没有，我怀疑她要如何"插翅"飞过去。

"妳该不会有私人飞机吧？"我问。

"开什么玩笑？"她睨了我一眼，"私人飞机也要有机场才可以降落，这个岛根本没那个条件，所以我雇了直升机。"

至此，我完全可以确定这个女人就爱吹牛皮，得，老子陪妳！

"看样子妳有个有钱老爸。"我说。

"才不呢！钱是我赚的，跟我的原生家庭一点儿关系也没有。"

"呵呵！是吗？不妨说说妳是怎么发家的，我好借鉴一下。"

Yani答这个学不来，得"天时、地利、人和"都凑齐了才行。

"说白了，妳就是小气，不愿分我一杯羹。"

"绝对不是！"

"就是！"

也不知是否激将成功，反正Yani最终把她的发家史娓娓道来。

老实说，她的故事编得还不坏，我原以为会更枯燥一些。

"妳吃饱了吗？若吃饱了，我想先洗个澡，妳不妨回妳的酒店。"我下逐客令。

"我的酒店在黄金海岸，告诉过你的。"她又睨了我一眼，"直升机两个小时后才会到，你可以先洗澡去，我就在阳台上晒晒太阳，你不用管我。"

本来想找个台阶让她下，没想到她却上岗上线，得，待会儿看她怎么收场。

结果两小时后，我被啪啪打脸，真的来了一架直升机，而且真的载我们到600公里外的黄金海岸吃海鲜，只是买单时出了点儿小问题（餐厅拒收支票），所以我用信用卡支付了800元的餐费，代价是得到一张面额为1000元的支票。

临别时，我问Yani："妳把别人的奖金据为己有，有没有想过那个人的感受？"

"放心，彩票公司雇用我，一旦出事，中奖人肯定回头找彩票公司，所以很大的概率还是能拿到钱，只是时间早晚的问题。"她答。

我还想问什么，但载我回弗雷泽岛的直升机由远及近，得得得的声音震耳欲聋，我不得不把到嘴边的话吞下肚，转身上机。

"你要怎么付费？"当直升机升到一定高度时，驾驶员问我。

"什么怎么付费？"

"Lisa的支票跳票了，她说你会付。"驾驶员看向我，"你是她老公，对吧？"

我赶紧探出窗外，Yani（或者Lisa)的身影像姆指姑娘一般大小，依稀可见正对着我猛挥手，热情得像夏天的太阳……

（503）

大魔王阿芙卡听到自己即将被处以绞刑，他央求庭上让彼得逊医生为他执行，因为久闻这位半路出家的绞刑师能让死刑犯以最快的速度（九秒钟）得到解脱。

庭上拒绝了，反倒是彼得逊医生主动接下任务，因为老乡帮老乡，天经地义。

到了行刑这一天，彼得逊医生支开助理和围观的人群，亲自替阿芙卡绑好手脚，再用绳索勒住脖子，然后走到拉杆前。

"亲爱的女儿，为父终于帮妳报仇了。"彼得逊医生喃喃道。

"你说什么？"阿芙卡问。

"1964年2月14日下午，你在纽顿公园残忍杀害一名花季少女，我正是那名少女的父亲。"

没等阿芙卡喊出"不"字，彼得逊医生已经拉下拉杆……

通常绞刑师会替死刑犯戴上头套，除了降低对方的恐惧感外，也能避免自己目睹可怖的死状，可是这次彼得逊医生却不按规则来，所以肉眼可见阿芙卡的身体不断抽搐，脖子越拉越长，舌头也向外吐出一大截，眼神充满绝望，整个痛苦的过程长达二十多分钟。

当阿芙卡终于气绝时，彼得逊医生打开留声机，然后随着音乐翩翩起舞，假装舞伴正是死去多年的爱女……

（504）

卫向钱从小就知道自己是捡来的，据说亲生父母非常有钱（这还得感谢养父母不厌其烦地一再敍述）。

"当时我是火车站的检票员，你就躺在候车区域的长条椅上。"他的养父对他说。

"我还埋怨他把孩子抱回家，这下子又多出一张嘴吃饭，可是你父亲说即使砸锅卖铁也要照顾好你，哪天你父母若回来寻人，也好让你们一家团圆。"他的养母说。

在卫向钱的记忆里，他的养父母对寻亲这件事非常上心，不仅到处张贴启事，

10

还主动联系媒体，而当DNA基因库开始出现时，他们第一时间就让他留下血液样本，可惜25年过去了，依旧杳无音讯。

这一天夜里，卫母躺在床上翻来覆去，怎么也睡不着。

"有心事？"她的老公问。

"嗯！你说向钱的亲生父母会不会已经不在人间？"

"最好不是，否则我们就亏大了。"

在邻居眼里，卫家夫妇对待这个捡来的孩子极好，而且一路栽培到大学，自己的孩子反倒早早辍学打工（好帮半路杀出来的"弟弟"付学费），这笔账算下来可不是一笔小数目……

时间回到26年前，裁缝师阿鸾未婚先孕。为了掩人耳目，她只身来到乡下待产，一有空便缝制新生儿的包被和贴身衣物（包括小帽、连身衣、小鞋等），上面的图案都是一针一线手工刺绣出来，用的还是最昂贵的金丝线。

"没办法养育，起码得让孩子体体面面地出现，也算是我这个无能的母亲送给他的最后且唯一的礼物。"阿鸾心想。

（505）

孙太守的母亲已守寡三十多年，在地方上的风评一向很好。最近，这位郡太君的肚子明显大了起来，还经常恶心、呕吐、吃不下饭（却能一口气连吃好几颗酸梅）。

孙太守忧心忡忡，立刻请来大夫。大夫把脉过后，果断地答："大人，这是喜脉。"

"混账东西！你竟敢污蔑家慈。"孙太守怒不可遏，"来人啊！拖出去打20大板！"

有了前车之鉴，第二位大夫谨慎多了，他反复把脉，最终得出结论——这是气滞血瘀，只要稍微调理一下，就能行气通络、血气畅通。

于是孙太守把治疗一事交给第二位大夫，不出两天，郡太君便排出一堆秽物，人也渐渐恢复了元气。

谁能想到当来年春暖花开时，郡太君的肚子又大了起来。

"这次是谁的？"孙太守既恼怒又无奈地问自己的母亲。

（506）

吃过午饭，小吉的继父照例睡午觉，谁都不许吵醒他，这当然包括小吉。

小吉蹑手蹑脚地走到后院，当看到台阶上有一只小猫时，他向它招了招手，小家伙便走了过来，一点儿也不怕生。

"你叫什么名字？"小吉问猫。

"喵喵！"

"原来你叫喵喵，我叫小吉。"

说完，小吉伸手去摸猫，哪知外表看起来柔顺的猫根本不让碰，还抓伤了小吉的手背。

小吉气极了，他捡起继父扔在草地上的扫把，紧接着一阵猛打，直到泄愤完毕为止。

后来有人在小吉家的门口发现一只伤痕累累的猫……

"这是你家的猫吗？"警察拿着猫照片问屋主。

"不是，见都没见过。"男人答。

此时，警察注意到屋内还有一名男孩，不仅骨瘦如柴，四肢还有被殴打的痕迹。

"你叫什么名字？"警察问男孩。

"小吉。"

"你见过这只猫吗？"警察举起手中的照片问。

"见过。"

"你知道它为什么受伤吗？"

"也许……是它的继父打的。"

（507）

白金镇想建造一个水坝，于是召开镇民大会。

"请在纸上勾选，然后放进投票箱内。"镇长说。

结果有 $1/4$ 的镇民同意，$3/4$ 的镇民不同意。

镇长气坏了，那么好的民生工程却被否决掉，全是一群蠢蛋！

黑土镇也想建造一个水坝，于是也召开镇民大会。

"同意的举红牌，不同意的举黑牌，我数到三，你们一起举牌。"镇长说。

结果有1/3的镇民同意，2/3的镇民不同意。

镇长气坏了，那么好的民生工程却被否决掉，全是一群蠢蛋！

浊水镇同样想建造一个水坝，于是同样也召开镇民大会。

"同意的鼓掌，我数到三，你们一起鼓掌。"镇长说。

结果掌声越来越大，几乎要掀了屋顶。

镇长很满意，那么好的民生工程就该被通过，甭管用什么法子。

（508）

最近的视频点击量直线下滑，曾斜土想着得找个博眼球的主题才行，正绞尽脑汁时，村狗小黑对着他狂吠。

"闭嘴！"他踢了小黑一脚，"再叫我就把你的嘴封上。"

话一说完，曾斜土灵光乍现，何不真的将狗嘴巴封上，再佯装好人去解救它？这个一定有看点！

想到做到，正当他拿胶带缠住小黑的嘴巴时，躲在角落的何金山把这一幕拍下来，最近他的视频点击量直线下滑，得找个博眼球的主题才行………

（509）

我告诉老孙——丢垃圾是他的工作。

老孙嘴里答好，身体却不实诚，即使家里的垃圾堆积如山，他就有办法做到视若无睹、稳如泰山。

"你有没有闻到什么酸臭味？"我问。

他真的大吸一口气，然后回答："没有。"

"看来你的嗅觉也出现问题，去！"我指着角落的垃圾，"现在就去扔。"

结果一个人出门，两个人回。

"妳怎能指使我儿子倒垃圾？"老孙的母亲质问。

"这是我和他之间的事，妳别掺和进来。"我答。

"什么叫'我别掺和进来'？家用还是我给的。"

"现在雇个钟点工都不止这个数。"

"原来妳嫌钱少，早说嘛！没人留妳。"

我看向老孙，指望他为我说两句，结果他把头转向另一边，仿佛事不关已。

罢了！每天面对一个轻度偏瘫的人，看着就心烦，我还是回家政公司待着，希望下一次能有个"事少、钱多、雇主又不啰嗦"的活儿干。

（510）

躺平国的国民有近1/3选择拿国家福利金躺平，另外的2/3则是真正喜欢工作的人，因为工作和不工作的所得差距非常小。

自从听说地球上有这么一个神奇的国家，小灰决定成为其中一员，可是想拿躺平国的护照可不容易。思来想去，小灰决定走捷径，那就是和一个躺平国的国民结婚。

很快，小灰便在国际交友网站上认识了一个躺平国女子Elin，两人在网上甜言蜜语一番后，脑子一热，把婚给结了（网上登记结婚就是这么便利）。

婚后，小灰拿着配偶签证飞抵躺平国，开始享受躺平的快乐。

"老公，有一只鸽子飞过。"Elin看着窗外说。

"噢！"小灰躺在沙发上打游戏，头抬也不抬地答。

"你说它有没有注意到我？"

小灰想了想，回答："应该没有，因为妳在室内。"

"如果它没注意到我，我就是不存在的，意思是只有注意到我，我才存在，那么我到底是谁？怎么感觉自己像个幽灵似的？"

小灰把视线从游戏屏幕上移开，第一次仔细打量自己"法律上"的妻子。说她正常嘛！总会说一些奇奇怪怪的话；说她不正常嘛！也没有做出什么出格的事（好比杀人放火等）。

躺平的生活过了大半年之后，某天，小灰看着窗外发呆，一只鸽子从窗前飞过。

"Elin，有一只鸽子飞过。"他停顿了一下，"妳说它有没有注意到我？"

（511）

赖老先生进入肺癌晚期，他告诉医生想回家等死，医生允许了，还主动联系他的家人。

回到家的赖老先生不到一个月就撒手人寰，等人进了殡仪馆之后，有亲戚在床底下发现几个烟屁股，顿时炸开了，首当其冲的便是负责照料他的儿媳妇——贾桂云。

"说！是不是妳给递的烟？"二叔问。

"我……我……"贾桂云吓得面色惨白，"是……是的。"

亲戚们你一言我一语地指责她，仿佛与她有不共戴天之仇。

"是公公要求的，"贾桂云泪如雨下地澄清，"我心想他的来日无多，何不遂了他的意？"

"妳这是加速爸的死亡，怎么会有像妳这么笨的人？"她的老公暴跳如雷地说。

"对不起！"贾桂云答，随即又流下忏悔的泪水。

事已至此，再多的责难也没用（何况这个儿媳妇的出发点是好的）。几日过后，果然无人再提起此事。

时间回到接到医生来电的时刻，贾桂云表示等老公下班后就一起过去接人，顺便又问了一下公公的病情。

"妳公公目前的身体素质还行，心态也平和，如果按时服药或者利用中药调理身体，应该能存活两年左右的时间。"医生答。

为了照顾孩子，贾桂云已经离开职场数年，好不容易熬到孩子可以入小学，此时照顾病人的工作又落在她头上，她的无奈与辛酸可想而知。

这一天，家里只剩她和公公，公公问："可不可以让我抽根烟？好久没抽，挺想的。"

她下意识答不，可是隔天却买来两条大中华藏在公公的枕头下，一条1000元，两条便是2000元，儿媳妇能做到这个份上，算可以的了。

（512）

"林美美，这是第几次了？"曹警官问。

"记不得了。"她小声地答。

"四次，这是第四次。"

林美美"噢"了一声，不再言语。

事实上曹警官说错了，林美美偷窃不止四次，只是刚好在这个辖区內被逮过四次（如果把这次也算进去的话）。

"前几次妳未满16岁，不用承担刑事责任，现在不同了，妳刚满16岁，所以……"

曹警官的话还没说完便被截了去，林美美斩钉截铁地表示这次偷窃的时间在昨晚午夜之前，也就是她15岁的最后一天……

"妳倒记得很清楚嘛！把这个头脑用来学习多好，干嘛用来偷窃？"曹警官问。

林美美心想这岂不是废话？如果她买得起那些美丽的服饰，何需偷？

被曹警官口头教育一番后，林美美走出警局。东拐西绕后，她来到某商场的中庭，这里有很多开放式的卖场，人流很多，彼此挨肩擦膀。

"林美美，妳已经16岁，意思是从今天起偷窃被抓会判刑，不得不慎，懂吗？"曹警官的话在耳边响起。

林美美摇摇头，想把一切都甩开，当再定眼时，一件珍珠白的衬衫落入眼底。

隔天，林美美穿上白衬衫上街，她感觉每个人看她的眼神都变得柔和起来，这才是生活应该有的样子……

（513）

有只海龟被冲上岸，人们看到它的龟壳上长满了藤壶，很是心疼。

正在海边野炊的陆闽听到消息后，立刻拿起小刀飞奔过去。

由于藤壶的外壳相当坚硬，很费一番功夫才清理干净，当大功告成时，围观的人群纷纷鼓起掌来。

"这种藤壶汆烫一下就很美味，至于海龟……"陆闽思考了一下，"就拿来煲汤吧！加入海参、大枣、姜、大葱、枸橘、山药、肥猪肉等一起熬煮，保证喝一次就上瘾！"

（514）

很久很久以前，在海的深处有一个无忧国，那里的鱼只拥有7秒的记忆，往往还没来得及对事件做出反应，7秒已经到了，难怪不会对未来感到烦忧。

有一天，一只拥有全记忆的鱼诞生了，我们姑且就叫它"旦旦"吧！

一听说此事，全无忧国的鱼儿既惊奇又嫉妒，这是什么神仙脑袋？可是还没等它们从该事件中走出来，七秒已经到了，所有的鱼儿立刻忘了此事，照旧该吃吃该喝喝，闲适得不得了，只有旦旦不一样，它成了一条忧郁的鱼（还是无忧国里唯一的一条）。

（515）

位于亚洲的火龙国由于决策失误，导致民不聊生，群众无不怨声载道，甚至零星发生过几次暴动，总统不得不召开紧急会议，商讨应对措施。

"最好的办法便是甩锅，找几个小官顶罪。"某个高官提议。

"不好，"另一名官员立刻反对，"这招半年前就已经使过，如果频繁拿来当借口，只能说明政府用人不察。"

后来又有几个建议陆续出笼，但一一被否决，正当无计可施之时，公关部部长开口了，他说："何不转移群众的注意力？让聚焦点从对內转为对外，很快就能化解危机。”

没多久，不当的童书插画被点名，那些金发碧眼的人物插图极易误导儿童的审美观，这是跪舔洋人，其心可诛！

（516）

推理小说作家李捷在一场文艺活动中巧遇女诗人张薇雅，他还记得对方的儿子十几年前因"不明原因"身亡（女诗人不愿死去的儿子再挨刀，拒绝做尸检）。

寒暄过后，李捷故意把话题往他怀疑的方向带，说："我老婆的厨艺不佳，连豆浆都不会煮。"

于是张薇雅把制作方法倾囊相授，同时强调自己只做过一回，也许记忆有误，还是查查食谱为妥。

"亲手制作的豆浆好喝吗？"李捷接着问。

"我没喝，因为赶着让上学的儿子喝，手忙脚乱之下打翻了锅子，还好锅內还剩一些，全给他喝了。"

"意思是豆浆没煮开？"

"也许吧！反正我儿子不喜欢喝滚烫的东西。"她停顿了一下，"没煮开的豆浆怎么了？"

"没什么。"李捷快速调整一下心情，"妳渴不渴？我去拿杯饮料，想喝什么？"

（注：没煮开的豆浆含毒素，轻则恶心呕吐，重则休克。）

新型鼠疫席卷 T 国，而且来势汹汹，从最初的"鼠传人"发展成为"人传人"。为了防止疫情进一步扩散，T 国政府出台政策：凡家里出现老鼠者，统一到隔离站隔离。

这一天，六岁的小明表示床底下有一只老鼠。

"别胡说！我们家很干净，一天喷一次消毒液，哪来的老鼠？"他的母亲答。

等小明入睡后，明爸和明妈开始行动，好不容易才把这个小家伙给堵在浴缸里。

"妳看好它，我马上打电话给防疫部门。"明爸说。

"你傻啊！这么一上报，我们岂不被隔离起来？"明妈答。

"不上报的话，万一我们染病……"

"听着，首先这得是一只病鼠才有可能让我们染病，机率在50%（要嘛是病鼠，要嘛不是），可是一旦被隔离起来，这个机率就提高了，因为只要隔离站有一人染上鼠疫，我们全家也在劫难逃。"

"妳说的对，可是人不能总想着自己，还得为防疫尽一份心力。"

后来他们把老鼠打死，然后挖一个坑埋起来，那个坑足足有一米深，也算是为防疫做出贡献！

Lucas看准时机把账户里的钱全压在虚拟货币上，没想到一夜之间全崩盘，他愁得茶不思饭不想，最后决定一死百了。

"亲爱的，我走了，永远爱妳的 Lucas。"

写完小纸条，Lucas把它压在插满红玫瑰的宽口瓶下，接着转身离去。

Lucas的计划是参加邮轮七日游，然后在假期的最后一天跳入浩瀚大海之中，也算是为人生的最后几日抹上一层美丽的色彩。

上了邮轮后，Lucas每天活得像个废人，不是发呆、晒日光浴、游泳、看秀，就是吃美食、饮美酒、做桑拿、撩一撩船上美女……等。

转眼假期来到最后一天，Lucas已做好准备，就等太阳从云后露脸即付诸行动，哪知此时扩音器传来消息："女士们、先生们，下午好。由于疫情严峻，码头暂时不允许任何船只停靠，所以请各位继续享受快乐时光，一旦有最新消息，我们会第一时间通知各位。"

这打乱了原有的计划，Lucas为此颇为不爽，但再一想，多活几小时也不赖，他刚好可以把《B杜极短篇故事集》全册看完。

事实上，他不仅看完《B杜极短篇故事集》全册，还把《圣经》和《莎士比亚全集》也看完了，因为疫情一直没好转，邮轮只能继续在海上漂流，时间一下子多出来的缘故。

一个多月后的某日，当Lucas做例行的晨泳时，扩音器忽然传来消息："女士们、先生们，早上好。由于疫情趋缓，码头已允许船只停靠，请各位准备好行李，依序下船。"

这突如其来的"喜讯"在Lucas听来却是敲响丧钟，他快速离开泳池，奔向船尾。

"不，"工作人员拦住他，"已经关闭了，请回房间打包行李。"

无奈之下，Lucas只能跟着人群同进退。

虽然计划赶不上变化，但Lucas想死的心没变，他在码头附近徘徊，可惜等了许久依旧是平潮状态，只好先溜进酒吧喝几杯，等退潮时再做打算。

当他喝完第二杯时，酒保适时转换电视频道，屏幕上的新闻主播正报导今日虚拟货币的表现，Lucas越听越血脉贲张，紧接着笑得像个疯子似的……

（519）

有个小镇嗜吃狗肉，而且越演越烈，近日竟举办狗肉节，邀请全国人民一起大啖美食，这无疑引起爱狗人士的强烈不满，不仅口诛笔伐，还组织团队到现场抗议。

为了平息众怒，镇长指派尤老板为"清零行动"（无人吃狗肉）的总召集人。很快，尤老板的老底被扒光，原来他在当地素有"杀狗大王"的称号，镇上大半的狗肉店都是他开的，这岂不是既当运动员又当裁判，哪能禁得了？

然而就是这么神奇，不到一个礼拜的时间，小镇再也无狗肉贩卖，取代的是一种新型美味——龙肉，种类有大龙肉、小龙肉、白龙肉、黑龙肉、黄龙肉、花龙肉……等，烹调的方式可红烧、可清炖、可烧烤，价位也丰俭由人，所以很受当地人欢迎。

（520）

本来欢乐的同学会因某个人的忽然吐槽，瞬间变成比惨大会。

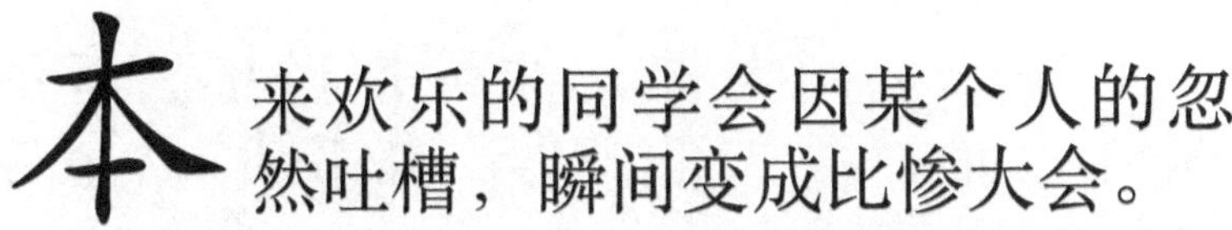

"医生的养成不易，本科得读5年，毕业后还需要进行3年的住院医师规范化培训。这还不打紧，工作时间过长且三班倒，整天尽与病菌为伍。"

"你就别埋怨了，好歹你在室内，哪像我，风里来雨里去，动不动还得抱重物爬楼梯。饶是如此，只要客户一个差评，我一天都白忙活了。"

"你俩都别诉苦了，看看我，妥妥的无收入家庭主妇，以致老公动不动就给我脸色看，也不想想我若当住家保姆去，每个月起码能有万把块钱。"

……

正当大家你一言我一语，恨不得把满腹牢骚全往外倾倒时，有人发现昔日学霸闷不吭声。

"嘿！柳大神，你怎么不说两句？是不是生活太滋润，以致无槽可吐？"

柳平安绰号柳大神，他可是当年高考的理科状元，有关他的"丰功伟绩"，至今仍被学弟学妹们所歌颂着。

"咳、咳、"柳平安咳嗽两声，"我不是无槽可吐，而是你们都没有我惨，因为我35岁就退休了。"

此言一出，嘘声不断。

"稍安勿躁，我是说真的。"柳平安一脸严肃，"大学毕业后，我进入IT行业，工作两年就年薪百万，于是我贷款买了豪车和豪宅，心想反正负担得起。没料到这行内卷得厉害，即使战战兢兢、如履薄冰，我还是被更有活力的年轻人所取代，再觅职时才发现35岁是道坎，这行根本不要35岁以上的'老人'，那我的房子和车子怎么办？只能贱卖，重新回到起点。坏就坏在我现在高不成低不就，除了偶尔帮人写写程序赚点儿零花钱外，基本已成退休状态。"

柳大神一答完，全场肃静。

"那……那个啥的，酒好像没了，我让服务员再上几瓶。"同学会的发起人说。

立马有人附和："果汁也要，有人不喝酒。"

气氛又重回吐槽前，仿佛什么糟心事都没发生过。

（521）

乔老板一打开铺子就大吃一惊，里面像被台风扫过，一片狼藉。

"妈的，遭小偷了！"他心想，然后大略清算了一下，损失约在五万元左右。

当乔老板拿起电话打算报警时，随后进铺子的员工拾起地上物，说："老板，你看！"

这是一张两寸的证件照，上面的孩童约四、五岁的样子，留着齐刘海，很是可爱。

这个突发状况让乔老板很为难，如果将小偷送入大牢，他的女儿该怎么办？

一心软，乔老板决定不予追究。

时间往前推十个小时，戴上口罩和手套的小伍在烟酒铺里大肆搜刮，离开前，他不忘把口袋里的照片扔在地上，然后扬长而去。

现在小伍的口袋里还有四张照片，代表这个夜里尚有四家店铺等着他光顾……

（522）

赵小纭对表哥的痴迷已经到了变态的程度，她不许任何女生靠近他，连隔空喊话也不行，倘若不从，她便拳脚相向。

"小纭，妳已经14岁，不是4岁，所以别再做这么幼稚的举动。"她的母亲对她说。

可是赵小纭依旧如故，至于她表哥……倒没有表现出不悦，反而有些得意的样子。

时间回到一年前的某个夜里，一个男孩爬上赵小纭的床，说要玩个游戏。

"什么游戏？"她问。

"好玩的游戏，妳玩了就知道。"他答。

事后赵小纭觉得让别人在自己的身上洒尿一点儿都不好玩，所以当表哥又来找她玩游戏时，她一口回绝，表哥也就没有勉强她。

某天，学校安排生理卫生课，老师的一席话让赵小纭忽然开窍，也是打从那时候起她开始迷恋上表哥，因为惟有爱上的疼痛最小，反之则会掉入痛苦的深渊……

（523）

有一天，呱呱忽然不再开心，他想着自己是不是病了？于是去看医生。

"你今天吃饭了没？"替他看诊的金医生问。

"吃了。"

"水喝了吗？"

"喝了。"

金医生看看他的喉咙，又听听他的心跳，最后下了结论："你这是季节性抑郁，等天气暖和了就会好。"

然而当来年春暖花开时，呱呱的病情依旧不见好转，于是金医生把他送去做 CT，这一照，发现他是一只青蛙。

"你是青蛙呀！"金医生很是惊讶，"为什么要假扮人类？"

"我以为当人类起码能主宰很多动物。"

"人类是能主宰很多动物，但惟独主宰不了自己，每天都得按着规矩来，还被很多条条框框所束缚，不像其他动物能放开天性。"

呱呱想想也对，自从当上人类后，他才开始不开心，于是撕掉伪装，重新做回青蛙。

某天，当金医生看诊完毕，他来到窗口小歇一下，忽闻窗外有蛙鸣声，此起彼落。

"呱……呱呱……呱呱呱……"金医生也跟着喊。

（524）

今天，简秘书接到一通电话，大意是想邀请汪导演执导一部科幻片。

"汪导很忙，不一定有空。"简秘书答。

"很忙？我听说他已经很久无戏可导。"对方说。

"无戏可导？"简秘书大笑两声，"告诉你，汪导近两年一直在国外拍MV，忙得不可开交，难怪不实的流言会不胫而走。"

"既然汪导很忙，那……"

"他今天下午归国，你约个时间再打来吧！"

"这么凑巧？"

"你运气好呗！"

隔天，对方果然打来电话，还是简秘书接听。

"抱歉，汪导一下飞机就被协林影视的人给接去喝了一宿，现在正睡大觉呢！"他说。

"既然这样，那……"

"你说个时间和地点吧！汪导睡醒后，我让他过去详谈，毕竟这么大一笔预算，不当面说清楚显得不够慎重。"

"其……其实预算不大，只有几千万而已。"

"那可糟了，协林影视的新片预算有五个亿，他们答应给汪导一千万元的执导费兼分红。"

"那……我看算了，这是小成本制作，给不了那么多。"

"话不能这么说，汪导也不是什么戏都接，主要看脚本，只要脚本好，一切可商量。"

后来大朋影视的代表总算见到汪导，一番讨价还价下，汪导得到五百万元的执导费和国际分红。

"如果不是简秘书大力推荐，我是不可能接小成本制作的电影。"汪导演说。

"是是是……"对方点头如捣蒜，"讲起简秘书，我怎么觉得他的声音跟您很像。"

"这……"汪导演笑得很尴尬，"这怎么可能？"

（525）

因疫情肆虐，整个奇魔市全被封控起来，这一封就是大半年，居民也从最初的反抗变成接受，再从接受变成习以为常。

当全市解封的一刻到来，市领导走向邻近小区共襄盛举，以为人群会蜂拥而出，结果一个个全堵在小区的铁门内。

"出来呀！"站在市领导身旁的秘书喊着。

众人交头接耳，但就是不出去，这让市领导很下不了台，因为电视台正在做实况转播。

"去！把每栋楼的出入口都给封上，这样居民就只能往外走。"市领导压低声音对秘书说。

此项命令很快被执行。

居民一见自己的家竟然回不去了，大惊失色，纷纷找来各种工具破门。

"你们这是干嘛？"记者上前采访，"能到小区外走走不好吗？"

带头破门的大爷答："你看不出这是圈套吗？就算死也要死在自己家里。"

（526）

从事自媒体行业的黄维嘉在美国大峡谷巧遇一群游客，交谈之下，发现他们全是某名牌律师事务所的律师。

"你们小时候的志愿是不是当一名律师？"黄维嘉问。

律师们你看我，我看你，最后发出会心的一笑，原来他们当年的志愿五花八门，包括匹萨店老板、消防员、宠物训练师、酒店门童………等，就是没有律师这个选项。

"你们的老师没有说什么吗？"黄维嘉又问。

"我的老师说这是个很棒的选择。"黄头发的人答。

"她说我一定能帮助很多人。"蓝眼珠的人答。

"他说将来我的匹萨店开张了，别忘了通知他。"身高近两米的人答。

……

和律师们道别后，黄维嘉的思绪一下子跳回到小学三年级，当时他写下自己的志愿是当一名麦芽糖师傅，结果老师把作文本甩在他脸上，很生气地说："想做麦芽糖，现在就去给师傅当童工，读什么书？简直气死我了！小朋友，你们要不要学黄维嘉当一个无用的人？"

"不要！"学生们异口同声地答。

后来黄维嘉的志愿就变成了医生、律师、记者……等，还不能是国家总理，因为老师说国家总理只有一位，而他（黄维嘉）……不配！

（527）

因为防疫不力，神成市被全国人民骂到臭头，于是亡羊补牢，下令封城两个月。

此令一出，原本最配合的神成市居民也站在对立面，现在市政府腹背受敌，除了因封城而顺利逮捕27名逃犯外，舆论没一个好的。

（528）

在酒吧里，刘浩一直注意那个穿黄衣服的女人，貌似她等的人没来，所以自弃地一杯接着一杯喝。

"美女，"一个猥琐男走上前去，"妳喝醉了，我送妳回家吧！"

"起开！谁要你送？！"女人醉眼迷离地答，更添几分妩媚。

结果猥琐男非但没离开，反而强行要架她走。刘浩见状，一个箭步上前阻止："喂！别碰我女友。"

"她是你女友？"猥琐男惊呼，"怎么两人离那么远？"

"我们冷战不行吗？"

话说到这里，猥琐男也只能摸摸鼻子走开。

"英雄救美"后，刘浩反身想走，被黄衣女叫住。

"喂！能不能送我回家？"她问。

"我没车。"

黄衣女随即把包里的车钥匙掏出来，于是刘浩成了代驾，而"代价"是一夜的温存……

隔天，刘浩接到一通电话，对方问他货好不好？

"好得不得了。"他答。

"别忘了今晚你当猥琐男。"

"那有什么问题？"

（529）

写了十几年的小说，依然没有出版社伸来橄榄枝。思来想去，游鸣伟决定自费出版，也算是对过去所投入的时间和精力做个交待。

出书的过程相当顺利，出版社还给了他100本"免费"的纸书。游鸣伟留下一本做纪念，其余的全送出去。

"小游，书写得不错，你这是自费的吧？！"拿到赠书的文友问起。

"是半自费，只要第一版售罄，第二版开始就能拿分成。"

"挺好的。"

"是呀！"

游鸣伟边答边想着一版有4000本，整个中国有14亿人口，要不了一个月就能全卖光，他可以坐等分成，而文友想的是："他奶奶的，书号是假的也没察觉到，这小子的脑袋是不是被驴踢了？"

（530）

最近流行玩牌仙，所谓的牌仙就是纸牌上的神仙，玩法是在事先写好答案的纸上放一张扑克牌，然后依序问问题。如果牌仙显灵，祂会指出答案；反之则不会，只能他日再请。

"谁先开始？"小羽问。

"听说玩牌仙得依东南西北的顺序问，一轮问完就不能再问，否则回答的不是牌仙本仙，而是别的鬼魂。"小菲答。

由于提到鬼魂，气氛一下子紧张起来。

"我……我看还是别玩了，免得惹祸上身。"小雅说。

"这还得问牌仙同不同意。"

小青一答完，扑克牌微微动了起来，吓得四个女生尖叫声连连。

"看来牌仙不同意，我们还是赶紧进行吧！"小菲看向小雅，"妳居东，妳先问。"

小雅没想到自己竟然是第一个跟牌仙对话的人，心里很是忐忑。

"我……我想问……问……明天的英语小考会不会取消？"

话一落音，只见扑克牌先向左移，再向上移，最后停在"不会"的格子里。

小雅不免气馁，明天的小考她还没准备好，所以怀着一丝希望，结果天不从人愿。

接着小羽、小青和小菲都先后问了问题，牌仙也一一回答了。

"我们躲在体育器材室里玩牌仙，不知道负责锁门的林老师会不会把门给锁了？"小雅担心地问。

此时，扣的一声传来，她们赶紧跑过去，发现门被锁上了。四个女生急得跳脚，又是拍门又是呼救，依旧无果。

"看！"小羽脸色铁青地指向她们方才坐着的地方，"扑克牌移动位置了。"

没错，它就停在"会"的格子内……

（531）

经过十几天的大战，阿尔法星人成功占领地球，如何管理成为首要问题。

"帝，听说地球人已经为此产生一种机构，我们只要照搬过来，每个地球人最后都会成为我星的顺民。"最有智慧的长老对阿尔法星的首领说。

"顺民？"

"是的，这个机构表面上的作用非常冠冕堂皇，实则培养顺民，因为一旦进入该机构，惟有按照规矩走才能得到奖励，久而久之便能将原本有棱有角的个体培养成趋利避害的利己主义者，而我们只要以利诱之，很快就能实现控制地球的目的。”

阿尔法星的首领很感兴趣地问这是什么机构？长老毕恭毕敬地答："按照地球人的说法，它叫'学校'。"

（532）

有个男人将女人往死里打，从客厅打到卧室，即使女人苦苦哀求也不能让他手下留情……

视频一经发布，群情哗然，那男人直接被"社死"（社会性死亡，指在大众面前做了丢脸的事，以致没办法再进行正常的社会交往），工作也丢了，可说是损失惨重。

几个星期后，那对男女走出民政局，手里各拿着一本离婚证。

"妳的目的算是达到了，现在可以回答我的问题吗？"男人问。

"可以，你问。"

"怀上上司的孩子是真的吗？"

"我的上司是女的，你说是真的还是假的？"

"摄像头是妳安装的，影片经过剪辑，同时还做了消音处理，我说的对吗？"

"全对。"她叹了口气，"很抱歉事情变成这样，如果当初你爽快点儿，也就没有后面什么事了。"

"算了，妳也好不到哪里去，咱俩算扯平了。"

"什么意思？"

男人遂拿出口袋里的录音笔，按下暂停键后，答："给妳两条路走，一是我们立即复婚，二是妳也被社死。反正我已经没什么好损失，不介意拉妳当垫背。"

（533）

去年夏天，我终于辞掉鸡肋般的工作回家躺平。毫无疑问，这个决定让父母脸上无光，每见我一面就大叹一口气，于是我让大舅找个借口把父母哄回老家，省得矛盾日增，终至无法挽回。

妻子梅玲对我的选择倒没说什么，依旧朝九晚五地上班，只是有一天她告诉我得搬家了，因为光靠她一个人的薪水住不起那么好的房子。

我也知道这是铁铮铮的事实，所以无条件同意了。

新租下的房子在郊区，代表妻子得提早一个半小时出门，同时晚一个半小时到家。为了弥补给她造成的不便，写作以外的时间我都拿来干家务，这样多少能让她感觉平衡些。

没错，我并不是真正意义上的躺平，而是换了一个跑道（我想尝试成为第二个鲁迅）。

这一天，当我正敲打着键盘，敲门声响起，我走过去开门。

"告诉过你——你家孩子的学步车太吵了，"戴眼镜的中年男子走上前来，"你当我放屁，是吗？"

"孩子？我家没孩子。"我很平静地答。

"人的忍耐是有限度的，所以别再挑战我的忍耐力！"说完，那人气冲冲地走了。

我愣在原地3秒钟，一种吃了哑巴亏的莫名屈辱感爬上心头，后来还是自己与自己和解，毕竟人只要活得够久，总会遇到几名异类，不是吗？

怪就怪在这里，从此眼镜男每天都会来"问候"我，一次比一次口气恶劣，甚至开始威胁恐吓。

"你自己进来看看，"我让开身来，并且做了个请进的动作，"若有孩子或者孩子的学步车，我立马向你道歉。"

看来我是真的被逼急了，竟然允许一个陌生人进到家里来。

"又找警察，警察只会要我们和解，你说这情况能和解吗？"

我一头雾水，谁想找警察？我提都没提过。

"既然你不想进屋来，也不想……找警察，那你说个数好了，几百元之内都好商量。"

我心想也许他就打算讹点儿钱，只要数字不大，我宁愿花钱买宁静。

"今日我把话撂下，如果不马上停止对我的噪音攻击，我让你们全家看不到明天的太阳。"

眼镜男走后，我又有吃了哑巴亏的屈辱感（我都这么低声下气了，怎么还被死亡威胁？）。

梅玲下班后，我忍不住告诉她这件事。

"别跟邻居过不去，吃完饭我们一起到楼下解释清楚。"她说。

"我已经解释过很多遍，可是他完全听不进去……呃！好像也不能这么说，事实上我和他鸡同鸭讲。"

"你嘴笨又不是最近的事，"梅玲笑了，"放心，我来跟他说。"

后来我们一起下楼敲301的房门，开门的是位老太太，一听说要找眼镜男，脸色立即变了。

"您别误会，我们来是想告诉他——我们没孩子，当然也不会有学步车，所以他听到的噪音绝不会来自401。"

"你们住401？"

"没错。"

老太太沉默片刻后，答："401死过人，是一对夫妻和他们的孩子。"

听到这个，我和梅玲倒吸一口气，原来我们住进了凶宅。

"那……那……"我忽然想不起来该问什么，支支吾吾的。

"你若想问我儿子，我可以告诉你——他死了，杀人不得偿命？"

"杀……杀人？"

"我儿子对噪音敏感，尤其受不了学步车的声音，杀人前他已经处于崩溃状态。"

回屋后，梅玲立即打包行李。其实不止她待不下去，我也同样感到害怕。

后记：凶宅事件后，我终于找对写作方向，不再想当第二个鲁迅，而是改向 **Stephen Edwin King**（世界著名的恐怖小说家）看齐。

（534）

自从布丁死了之后，关悦的抑郁症加重了。

"悦悦，妳倒是说话呀！看妳这个样子，我的心都要碎了。"

她的老公尹建华边说边流泪，上次他哭还是孩童时期。

"布丁死了，我什么都没有了。"她答。

"妳还有我呀！咱们再试试，好吗？就算为了我。"

布丁是只金毛犬，关悦捡到它时已经是条老狗，能够再多活五年，连医生都称奇迹。

"你不懂，我把布丁看成另一个我，现在它死了，我感觉自己也走到生命的尽头。"

看关悦死意甚坚，尹建华决定做点儿什么，几天后……

"这是什么？"关悦看着老公递过来的收据问。

"克隆狗的费用，再过十个月，妳的布丁就会重生。"

听完，关悦感动得说不出话来，任凭泪水像决堤的洪水，一发不可收拾。

在外人眼里，关悦样样不如自己的老公，算是高攀了，只有尹建华心里清楚着——柔弱的妻让他想起自己长期以来刻意隐藏的一面（胆小、悲观、缺乏自信等），他把她看成另一个"我"，时刻小心呵护，如果她死了，他感觉自己也走到生命的尽头……

老李在市区开了一家马来菜馆，他自认菜好、用餐环境佳、服务周到，但客人就是寥寥无几，他为此很是烦恼。

"也许店名取得不好，换一个试试看！"朋友对他说。

老李心想反正眼下也没其他办法，不妨死马当活马医。

当"老鼠菜馆"的招牌取代"马六甲风情"时，所有人都看傻了眼。

老实说，老李也觉得不妥，但于半仙拍胸脯保证这是个好名字，他也就姑且一试。

然而换了店名之后，生意不仅没起色，反而变得更差，老李不得不结束营业，同时把于半仙恨得牙痒痒的。

哪知关店不到一个礼拜，封城（由于疫情失控）的命令便下达，一封就是两个月。

"还好我抽身快，否则损失就大了。"老李心想。

等疫情结束后，老李又寻思开店，这次他怀着无比虔诚的心去见于半仙，请他给自己的泰式餐厅赐个好名字。

于半仙边摇扇边思考，此时一只蚊子老在他耳边嗡嗡叫，好不烦人。

"定了！"他收起折扇，"就叫'嗡嗡菜馆'。"

（536）

朴氏兄弟把"发展下线营利"包装成一般的奖金制度，然而再怎么巧立名目也躲不过有关部门的火眼金睛。

"局长，朴氏公司做的正是传销，我们可以直捣黄龙了。"课长说。

"且慢，再多观察一阵子。"

这一观察，三年过去了，朴氏公司也从一个小公司茁壮成为拥有三百万销售人员的大公司，业务范围遍布全国，年收入达数十亿元。

"现在可以直捣黄龙了。"局长对课长说。

"我不明白，为什么三年前我们不直捣
黄龙？"

"猪当然养肥了再杀，这也是为国家金
库做出贡献。"局长答。

（537）

董明辉巧舌如簧、伶牙俐齿、口角生风，能在言语上胜过他的，全国大概数不出几个。

这一天夜深人静，他慢跑穿过公园，结果被一群手里拿着斧头的混混给团团包围住。

"跑步呀！老兄。" 1号混混说。

换作平常，董明辉几句话就能让对方哑口无言，但眼下不是耍嘴皮子的时候。

"没办法，身子弱嘛！大哥。"

"大哥是你叫的？" 2号混混打了一下董明辉的后脑勺，"还不快跪下？！"

董明辉立刻两个膝盖着地。

"学狗叫。"

"汪汪！"

"说自己是孙子。"

"我是孙子。"

"谁是主子？"

"你们全是我的主子。"

众混混哈哈大笑，接着你一言我一语地取笑他的"狗腿"行径。

董明辉不敢吭一句，妥妥的奴才样。

此时，有个混混想踢他一脚，立即被另一名混混给阻止了，因为这有违"斧头帮"的立帮宗旨——锄强扶弱。

"斧头帮"走了之后，董明辉从地上爬起，继续慢跑。兴许今晚有事，他还没跑出公园，一名男子拦下他索要"买路钱"。

董明辉思考了两秒钟，反身一个回旋踢，那人便倒地不起。

"没有金刚钻，别揽瓷器活。"他对躺在地上哀嚎的人说。

姚编导正在面试演员，看见雷大在门口探头探脑，立刻把人叫进来。

"各位，我郑重介绍一下，这位是编剧界冉冉上升的新星——雷大。"

稀稀落落的掌声传来，倒叫人一时不知该做何反应。

"你们可别小看编剧，他们是一出戏的灵魂，假使没有好剧本，再好的演技也枉然。"姚编导说。

"请问……他是这出戏的编剧吗？"一位面貌清秀的女生问。

"这出戏的编剧已经定了，看下部啰！如果投资方和导演都同意，八十万元马上入袋为安，到时候雷编剧就要请客了，"姚编导看向他，"我说的对吗？"

"当然，当然。"雷大答，同时拭去额头上的汗珠。

等试镜演员都离开后，姚编导问雷大有什么事？

"我……我想问《铁血战士》的剧本有没有消息？"

"已经交上去了，估计得开会讨论一下。"

"什么时候开会？"

"快了。"

"快了是什么时候？"

"等万事俱备就会开，"姚编导拍拍雷大的肩膀，"放心，有我护航，你的机会比别人大得多。"

回到家，雷大的妻子问他钱要回来了吗？他随即把口袋里的零钱全上缴。

"就这么点儿？姚海威是不是想赖账？"

“不会的，人家是大公司的编导，不会骗人的。”

今天雷大鼓起勇气去要债，结果被三言两语给劝退，他只得去做日工，总算挣到95元回家交差……

秦亦珊决定在公司年会上跳肚皮舞，这是一种带有异域风情的舞蹈，一点儿也不色情，可是跟她关系比较好的女同事纷纷阻止，怕她被贴上标签。

"肚皮舞是一种再正常不过的舞蹈，如果有人戴上有色眼镜看待，那是他们的问题，不是我的问题。"秦亦珊答。

话说得很满，但秦亦珊的内心其实很惶恐，因为她暗恋一年多的同事卓晨光到时候也会观看，他会怎么想？能不能接受她的喜好？

后来，秦亦珊果然在年会上大出风头，总经理还特地到她这一桌向她敬酒。

"不错不错，后生可畏呀！"他乐呵呵地说，但投过来的眼神可没那么无邪。

秦亦珊虚应了一下，然后把目光投向卓晨光坐着的位子，结果望了个寂寞，因为那人已不见踪影。

后来有流言传出——卓晨光认为女孩子在公众面前裸露肚皮跳舞很不雅观。

虽然没指名道姓，但公司上下全知道这个"女孩子"指的是谁。

"听说你对肚皮舞有成见。"秦亦珊拦下卓晨光问。

"这是我的个人看法，妳可以不接受。"他答。

"肚皮舞其实是一门艺术，它起源于埃及，相传有一位貌美且身材妙曼的女子因婚后不孕来到庙里祈祷，在神秘力量的引导下，她开始……"

"等等，我为什么要听这个？妳想跳就跳呗！"

秦亦珊语塞，她这是给暗恋对象机会，如果他听完解释能够改变想法，秦亦珊还是愿意继续喜欢他。

"她……她开始动情地在神像面前扭腰、摆臀，好似舞蹈，以此来祈求……"

"秦小姐，我说了，妳想跳就跳，这是妳的个人自由。"

"以此来祈求生育之神能圆她的美梦，后来'肚皮舞'便成为祭祀之舞，这可以从古埃及的壁画中得到佐证……"

即使卓晨光已经走远，秦亦珊还是继续讲，边讲边流泪。

（540）

总裁难得到分公司巡视，总监当然得陪着，结果中午12点未到，食堂已经排起了长队。

"看来公司的伙食不错，所以大家都迫不及待。"总裁说。

总监尬笑着，心里把那群饿死鬼全诅咒了一遍。

等总裁一离开，总监立即把经理叫过来，明令今后不到中午12点，任何人都不准离开工作岗位就餐。

经理一琢磨，公司员工多，食堂又不大，如果全卡在中午12点用餐，他还要不要吃饭？于是等总监一离开，经理立即把主任叫过来。

主任一琢磨，公司员工多，食堂又不大，如果全卡在中午12点10分用餐，他还要不要吃饭？于是等经理一离开，主任立即把组长叫过来。

组长一琢磨，公司员工多，食堂又不大，如果全卡在中午12点20分用餐，他还要不要吃饭？于是等主任一离开，组长立即把普通员工全叫过来，说："今后不到中午12点30分，任何人都不准离开工作岗位就餐。"

（541）

我是人类大脑内的化学物质，学名"多巴胺"，化学式为$C_8H_{11}NO_2$。

每天，我精神抖擞地工作，为的就是让我的主人心情愉悦，所以我又被称为"快乐因子"。

虽然我每天辛勤地工作，但效率却很低，因为我的主人有太多烦心事，它们像一块块巨大的石头挡在我面前，如果躲避不及，我就得攀越，这大大阻挠我前进的脚步。

就这么累死累活地熬到主人睡下，我终于能稍微喘口气，同时祈祷他能睡个好觉，因为万一主人没睡好，想东想西，

90

我又得爬起来继续工作，免得他想不开，做了愚蠢之事。

不瞒你说，虽然我和我的主人朝夕相处，但他并不经常注意到我（我怀疑他根本不知道我的存在），所以倘若有一天我得了个机会能与他交流，我会把埋藏多年的心里话告诉他——看在我每天努力想让你开心的份上，你他妈的就不能自己也努力一把？搞得我都快抑郁了！

（542）

仿佛看着亲生孩子第一次离手，苏小丹既不舍又忐忑地把剩余的86个章节全发给正直出版社。

"收到了吗？"苏小丹迫不及待地问。

"收到了。"该社的杨编辑答。

苏小丹终于放下心来。

几天过后，她忍不住又联系杨编辑，问他出书的希望大不大？

"目前看来……"他停顿了一下，"应该能出。"

苏小丹大喜，紧接着问她能拿多少？

"这得看市场，最近的市场不好，我社出版的几本书都扑街了，妳的这一本也不好说。"

听到这个，苏小丹忍不住心里咒骂："怎么不早说？白浪费我时间！"

后来，苏小丹转投向新乐出版社，只因该社的梁编辑为她画下一幅美丽的蓝图，可是……

"怎么才卖了这么几本？"她质问。

"书卖得不好，作者才是责无旁贷的那一个。"梁编辑冷冷地答。

"我……"苏小丹立即没了底气，"我就是问问，以后……以后好改进改进。"

"抱歉！没有以后了。为了出妳的书，我社已经赔了个底朝天，所以今后不会再有合作机会。"

两年过后，苏小丹又完成一本书，正直出版社依旧采取保守态度。

苏小丹想了又想，还是转投向花乡出版社，只因该社的姚编辑为她画下一幅美丽的蓝图……

（543）

此次州长的选举相当激烈，华裔候选人史克强的情势岌岌可危，不出意外的话，他应该会是落选的那一位。

"裴丽，这次的选举不论能不能当选，我都谢谢妳给予我的支持。没有妳，我坚持不到现在。"史克强对妻子说。

从政一直是史克强的夙愿，而左裴丽又是公认的好妻子，她当然不愿见到自己的老公败北，所以决定放手一搏。

隔天（投票的前一天），左裴丽站上讲台拉票，她把自己曾经遭受职场性骚扰的过往公诸于世，同时强调史克强很同情无处申诉的女性，如果他当选，肯定会通过有利于女性同胞的法案，譬如"反职场性骚扰"等。

此番言论很博得好感，只是没想到会引起那么大的反响，一开票就开高走高，最终将史克强送上州长的宝座。

庆功宴之后，新任州长夫妇回到家，史克强悄悄把房门锁了，又将窗帘拉上，然后转身问老婆："那件事可是真的？"

"是不是真的很重要吗？"

"对我而言很重要，他……只是性骚扰吗？"

左裴丽犹豫了一下，回答："是的。"

史克强明显松了口气，然后掏心掏肺地说："谢谢妳帮我拉来那么多选票，这次能当选，全是妳的功劳。"

左裴丽没有说谦虚的话，反而问他是不是会尽全力通过反职场性骚扰法案？

"当然，我已经对公众夸下海口。"史克强答。

"那就好。"

时间回到一个月前，有女性工作人员找到左裴丽，告诉她史克强在办公室对自己进行性骚扰。

“妳想怎么解决？”左裴丽看过录像后问
。

“如果史先生没当选，我想要一笔钱；
如果他当选了，我想见到‘反职场性骚扰
法案’被通过。”

左裴丽不想付钱（那个色鬼根本不配）
，所以只能走第二条路……

（544）

小周和小郑是市场里"唯二"的水果摊贩，为避免恶性竞争，两家协商统一价格，可是就是这么奇怪，明明价格一样，顾客还是更愿意向小周购买，这让小郑很是不平，他怀疑对方并没有遵守约定。

由于心中已有成见，小郑招呼都不打一声便自行降价，果然顾客都涌了过去。

等收摊后，小周问小郑为什么不遵守约定？

"到底是谁不遵守约定？你先不仁，休怪我不义。"小郑愤怒地答。

友谊的小船翻了之后，两家各干各的。小郑依旧打价格战（已经到了几乎没有

97

利润的地步），可是有些顾客还是会花相对较高的价格向小周购买，这让他很纳闷，于是让自己的二姨乔装顾客去一探究竟，果然发现不一样的地方。

"你的价格确实比较低，但那个摊主让我试吃价昂的水果，好比樱桃、榴莲等，搞得不买都不好意思。"二姨答。

（545）

老院长突发脑溢血去世，两位副院长都对那个位置虎视眈眈。

"孔老，您是说得上话的人，我的事就拜托您了！"蓝副院长说完，把一个包装得非常精美的礼盒递过去。

"用人惟才，"那个看起来仙风道骨的老人把礼盒往外推，"你是国家栋梁，有你在，国家就有希望。"

蓝副院长及其夫人离开没多久，另两人上门了。

"孔老，您是说得上话的人，我的事就拜托您了！"冯副院长说完，把一个包装得非常精美的礼盒递过去。

"用人惟才，"那个看起来仙风道骨的老人立刻垮下脸来，"如果拜托就能成事，这个国家还有希望吗？"

"是是是……"冯副院长低下头，"我肤浅了。"

"盒子里装的什么？"

"即食燕窝，能补气血。"

孔老先生打开盒子，把其中一瓶拿起，看到底下压着一个信封，立即下逐客令。

被屋主赶出家门后，冯副院长喜形于色。

"这件事黄了，你怎么还笑得出来？"他的夫人没好气地说。

"我问妳——那个老家伙收没收礼？"

"收了。"

"这就是答案！"

（546）

阮大姐在郊区租了块地，用来收容流浪动物，日常的开销很大，如果不是有善心人士捐款，估计支持不了多久……

她的儿子问：“妳何不帮助穷孩子？那个来钱快。”

“来钱是比较快，”阮大姐答，“但孩子有嘴巴会说呀！不像这些畜牲，即使一天给半个馒头也无人知晓。”

（547）

M公司强迫员工加班已成了常态，更过分的是连孕妇和生病的人也得加班，如不服从，轻则苛扣工资，重则开除。

由于抱怨的人数越来越多，M公司的杨总被有关部门约谈。谈话过后，杨总发表谈话：“本公司的订单太多，如不按时交货会有违约金的产生，管理人员的压力之大可想而知，不过凡事不可以一刀切，若真有急事或身体不适可以不加班。”

原以为有杨总背书，加班现象会有所缓和，哪知依旧。这一来天怒人怨，杨总不得不再度出来喊话，但言者谆谆，听者藐藐。

有记者问杨总："贵公司依然存在不合理的加班现象，您怎么看？"

"我已经说了——不可以一刀切。"

"可是……"

"我已经做了该做的，你还想怎样？"

"底下的人不服从命令，你身为上级，难道没有话要说吗？"

"我已经说了——不可以一刀切。"

记者收了话筒，心想这个人不从政，可真是太可惜了！

（548）

19世纪中叶，澳大利亚掀起淘金热，由于华人的劳动力便宜，当时的矿主便输入大量华工，20岁的吴文进便是其中一员。

白天，矿工们在矿坑里忙活，到了夜里，他们争先恐后地涌入矿主开的赌场内，把好不容易赚来的辛苦钱又还给了矿主。

吴文进把一切都看在眼里，心想他才不干这种蠢事！可是自从下铺的小沈从赌桌上挣到十年的工资后，吴文进的心开始动摇了。

"如果我也像小沈一样幸运，立马就能离开这个鬼地方，回家迎娶阿琴。"他心想。

美好的愿望一旦产生，就像气球一样越鼓越大，终于有一天炸开来，吴文进揣上所有的身家孤注一掷，结果输个底朝天。

然而此事并没有给吴文进带来教训，相反的，他变本加厉，只要口袋里有两个钱，毫不犹豫便往赌场奔去。

有人劝他适可而止，他的回答从来没变过，那就是——反正连返乡的船票都买不起，他只能继续赌下去，也许哪天赢了，他还来得及回家娶阿琴。

有一天，当吴文进又重复以上的说辞时，有人问他阿琴几岁了？

"她……她和我同年。"

此话一出，众人大笑不已，因为眼前的老吴已经是知天命的年纪。

（549）

小韩到便利店购物，收银员多找了10元给他，小韩立即归还，因为他的宗教信仰不允许他做个不诚实的人。

大韩也到便利店购物，收银员也多找了10元给他，大韩同样归还，因为他知道便利店内有录像存证。

离开便利店后，小韩遇到张羊，张羊要他帮忙请病假，实际情况却是会网友。小韩的宗教信仰不允许他帮人做假，所以果断拒绝了。

离开便利店后，大韩也遇到张羊，张羊要他帮忙请病假，实际情况却是会网友。大韩不怎么喜欢张羊，所以果断拒绝了。

回家路上，小韩看到一名小孩落水了，立刻跳入河里救人，因为他的宗教信仰不允许他见死不救。

回家路上，大韩也看到一名小孩落水了，在确认无他人在场，同时也没有摄像头后，立刻走人，因为他的一身行头是新置的，花了他两百块钱呢！

婚前，小赵跟小瞿约定好家务共同分担，因为她也在上班。

婚后，没干过家务的老公一度叫苦连天，但习惯之后也就闷声发大财，哪知婆婆进门后打破了这种平衡。

"妈，倒垃圾是正民的工作，妳别帮着做。"小赵说。

"谁做不是做，分那么清楚干嘛？"她的婆婆答。

可是就是这么神奇，但凡小瞿该做的，婆婆都抢先一步做完，而小赵该做的，全原封不动。

小赵将此事告诉小瞿，小瞿认为她想多了。

"不然你现在就去告诉你妈——从明天开始，你得负责清洗排油烟机。"

小赵之所以这么说是因为排油烟机已经好几个月没清洗，上面沾满油污，她自己懒就算了，可是成天宅在家里的婆婆却也同样视若无睹。

小瞿本来不愿意说，但拗不过老婆的坚持，只好照做（小赵在一旁偷听，确认他说了）。

隔日下班回家，小赵发现排油烟机完全没有清洗过的痕迹，倒是晚饭做好了，而这原本是她的工作。

"芳芳呀！妳尝尝这个，"她婆婆夹了一块肥瘦相间的五花肉到她的碗里，"妈照着食谱做的，也不知合不合妳的口味。"

小赵咬了一口，发现肉很柴，一点儿也不好吃，但她还是违心地说些应酬话，把婆婆哄得很开心。

当日夜里，小瞿偷偷溜到母亲的房里，说："谢谢妈！"

“哎！若不是心疼你，我才不做虚伪的事！”他的母亲答。

“哎！若不是心疼你，我才不做虚伪的事！”他的母亲答。

（551）

每当有人问起丁翰的身家，他总自豪地答约六百多万元。以一个不到35岁，自食其力的男人而言，表现颇为亮眼。

然而自从房市泡沫毫无预警地被戳破后，一切都变了。

现在有人问起丁翰的身家，他总闪闪躲躲地答约两百多万元。以一个不到35岁，自食其力的男人而言，勉强算吉格吧！

房子还是那个房子，丁翰的月收入也没变，但就是这么神奇，他一会儿上到云端，一会儿又回到人间，连招呼都不打一声。

. . .

（注：丁翰的身家和他的房子估值紧紧绑在一起。）

（552）

有一只长相奇特的鱼在海滩上搁浅，头部流血，正奄奄一息。经专家鉴定，这是一条"应该"已经绝种的鱼，时间可追溯到恐龙时期。

此消息一出，立刻吸引全球的目光，大家无不关心它的状态，还好经过兽医的悉心照料，"绝种鱼"终于康复，如今也到了放生的时刻。

由于这条鱼的稀有性，各家媒体纷纷派出记者跟进，市长先生当然不会放过这个亮相的好机会，也跟着上船。

当船只来到公海上，代表历史性的一刻即将发生，只见市长先生抱起尚活蹦乱跳的鱼（同时对着镜头露出亲民的笑脸），接着往上用力一抛，结果鱼结结实实地落在船用螺旋桨上，顿时血肉模糊。

这场意外让所有人都看傻了眼，还是市长秘书机灵，他把在场记者的记者证全没收下来，果然后来的文字报导和录像都停留在血肉模糊的前一秒……

"老……老板，您开玩笑吧？！"司机老贾不安地问。

"不开玩笑，我老早想让你体验一把当老板的滋味。"

老贾当然不介意互换座位，只是没想到连身上的衣服和配件也一并做交换。

"老板，"老贾分别往车前和车后二度确认，"怎么今天没带保镖？"

"创业初期，我总费尽心思让自己看起来有钱，好让投资者安心。如今我终于可以不靠外物来证明自己，所以乐得当一回看起来没钱的人，而没钱的人雇不起也无需保镖。"

这个解释很牵强（实际原因是费老板的保镖不满意薪水被苛扣，今天集体罢工），但司机老贾不疑有他，反而为突来的好运而沾沾自喜着。

三个人在讨论愿不愿意娶一个整形女？

甲说："我不介意有没有整形，只要是美女即可。"

乙说："我才不，整完形还得维修，我可没那么多钱。"

丙说："整形其实是不自信的表现，有先天上的心理缺陷，我会敬而远之。"

当丙一说完，护士刚好出来喊人进去整形。

她们三人互望一眼，彼此祝福，然后义无反顾地走进各自的手术室内。

（555）

要说出版界的翘楚，那非晴天娃娃出版社莫属，这也是武胜衣的首选，可惜"落花有意，流水无情"。

有人劝他不妨试试别家？他总答："要就要最好的，否则宁愿不签！"

后来武胜衣每隔一段时间都会重复投稿给晴天娃娃出版社，心想编辑是流动的，也许哪天就被看上了也说不定。

然而这个"也许"一直没有实现。

某天，医生宣布武胜衣最多只能再活半年，他第一个想到的是他那五本未面世的小说该怎么办？

高傲与自尊让他拉不下脸去求人出版，而自费出版在此时也没多大意义，反倒提醒他过去的坚持有多可笑。

思来想去，武胜衣决定把近一百万字的五本巨著全发到文学网站供人免费阅读，只是这个决定并非心甘情愿，否则他也不会边发边流泪（真要形容，大概就是"货卖不出去，与其看它发烂发臭，不如送人"的心情）。

“**请**问薛冬梅家在哪里？”记者问在巷子口抽烟兼纳凉的大叔。

“喏！那间。”大叔用夹烟的手指了指，“窗口上晒着衣服的那一间。”

记者正要上前，被大叔喊住：“喂！别采访了，一个三十多岁的老姑娘把择偶标准定得这么高，简直是个笑话！也不想想自己是块什么料？”

“您倒是说说她是块什么料？”记者好奇一问。

此时棚户区内闲散的居民一个个靠过来，七嘴八舌地讲述，记者脑海里的薛冬梅因此渐渐清晰起来——三十多岁、无婚史、初中文化、超市收银员、眼睛长在头顶上……

话正说着，薛冬梅穿着超市的制服走过来。大叔拍拍记者的手，说："她就是薛冬梅！"

知道来人正是今天的采访对象，记者示意摄影师开机，然后拿着话筒走过去。

"我没有什么话要说，"薛冬梅推开话筒，"该说的你们都已经在网上看过。"

这时围观的邻居开始抨击她，仿佛与她有不共戴天之仇。

"我的择偶标准高怎么了？又不是嫁给你们的傻儿子！"薛冬梅毫不客气地怼回去。

结果引来另一波骂战，记者只好把薛冬梅带到附近的咖啡厅，远离暴风圈。

"我不进去了，还得上班呢！"她答。

"那么我快速问一句——当初妳说的择偶标准是认真的，还是为了红而语出惊人？"

"为什么你会认为我说的话语出惊人？难道我只配嫁给社会底层，然后永远住在棚户区？"

"我……我不是这个意思。"

"你就是这个意思！"薛冬梅拭去眼角的泪水，"你和那些咒骂我的人一样，早已替我贴上标签，我不过是把标签上的售价改了，能不能卖出去是我的事，怎么就招来那么多的恶意与谩骂？"

薛冬梅走了之后，记者望着她的背影喃喃道："可是妳扰乱了市场价格呀！"

（557）

由于二儿子烂泥扶不上墙，国画大师庞敬尧把所有家产（包括 72 幅真迹）全给了大儿子。

这下子树倒猢狲散，二儿子的一众狐朋狗友全跑光了，只剩蒋介昆。

"你是不是脑子进水了？家里都快没米下锅，你还把社会闲散人员带进来？"蒋家女人嚷嚷着，就怕庞跎听不见。

"妳小点儿声。"蒋介昆说完，把老婆拉到后院讲悄悄话。

听完解释，这个总有怨气的女人仍不苟同，蒋介昆只好把她送回老家，免得坏了大事。

"对不起，害你和嫂子分隔两地。"庞跎心怀愧疚地说。

"瞧你，我们是兄弟啊！"蒋介昆拍拍庞跎的肩膀，"兄弟如手足，妻子如衣服，衣服可以不要，兄弟可不能丢！"

事实证明蒋介昆不仅没丢了庞跎，还帮他出谋划策，为的是讨回遗产。

"可是打官司需要钱，我……"

庞跎话还没说完，蒋介昆拍胸脯保证这件事就包在他身上！

后来蒋介昆砸锅卖铁帮庞跎雇了个"律师团"，还买来水军制造话题和导向舆论。不到半年的工夫，庞跎的哥哥便举白旗，因为与其让人议论和白送钱给律师，不如早早私了。

讨价还价的结果，庞跎得到一栋别墅和20幅父亲的真迹，现金不多，只有五百万元。

既然有了别墅，当然没理由再蹭睡。临别时，庞跎把一个卷轴盒交给蒋介昆，说："大恩不言谢，这是一点儿心意，请笑纳！"

蒋介昆认出那个卷轴盒，里面是一幅六尺全开的泼墨山水画《江南天阔》，以庞大师目前的行情计，就算买不起布加迪威龙，起码也能把法拉利幻影开回家。

（558）

梁大发是城中数一数二的大富豪，他和"国民妹妹"的结合更是一段佳话，两人鹣鲽情深，羡煞旁人，可是突来的性侵罗生门却让夫妻间的感情开始出现裂痕。

"为什么？"国民妹妹声泪俱下，"你连这点儿小事也处理不好，现在大家都在取笑我，你让我如何自处？"

不止国民妹妹有疑问，全国上下都有疑问，明明钱能解决的事却搞得丑闻满天飞，公司股价也应声下跌，对于在商场上打滚数十年的老手来说，实属不智。

其实梁大发也悔恨过，如果时间能够倒转，他肯定能做得更好，但当时的他只

有一个念头——绝不能让"坏人"得逞，否
则仙人跳的套路会没完没了，那么他要
如何分辨真伪？毕竟过去主动接近他的
女人都是出于仰慕，他和"她们"之间是
不讲钱的，那太俗气，会玷污神圣的男
女之情……

（559）

这一天，罗家保姆和琼斯家的保姆在送完孩子上学后攀谈起来。

"妳雇主家的女孩长得真好看！"罗家保姆说。

"当然，她妈妈是个明星，漂亮得很！"琼斯家的保姆答。

"哎！我家这个丑不拉几，没办法，她妈长得丑！"

"告诉妳，美国富豪钟情娶美女来改善后代的颜质基因。"

"中国富豪不一样，他们讲究门当户对，最好能强强联手，所以颜质方面只能睁一只眼闭一只眼。"

"真可怜！"

"不可怜，据我所知，正妻虽然只有一个，但外面漂亮的女人多的是！"

"这点倒和我的雇主很相像，不同的是他外面的女人一个比一个丑，远远不如家里那一个。"

此话一出，两家保姆同时长叹一声。

（560）

有个孩子私自骑走邻居的自行车，结果不幸跌入河里淹死了。

孩子的家长因此控告邻居不锁自行车，如果自行车上锁了，孩子就骑不了，也就不会溺水而亡……

没想到如此奇葩的逻辑竟然被采纳，法官判被告承担1/5的过失，赔偿死者家属6万元。

判决一出，自行车车主不服，立刻到邻居家理论，结果越吵越凶，自行车车主一口气没上来，当场暴毙。

暴毙者的家属因此控告对方过失杀人，没想到如此奇葩的逻辑竟然被采纳，法

130

官判被告承担1/4的过失，赔偿死者家属
12万元。

这下子死了孩子的家长反而倒赔6万，
这口气如何能咽下？于是两夫妻拿上毒
鼠强出门……

（561）

罗勃特直到七年级时才知道自己家世显赫，起因是近代历史课本上出现了一个响叮当的人物，老师说那正是他的曾祖父。

"爸，这是真的吗？"罗勃特一回家就问父亲。

"是的。"

"那么那些古堡、酒店、游艇、酒庄、马场……"

"全是我们家族的。"

"意思是我们很有钱？"

"比你能想象的还要有钱。"他的父亲停顿了一下，"既然你问起，我就好好介绍一下，这要从十七世纪说起……"

听完后，罗勃特陷入迷茫，他从未想过自己的家族几百年来一直掌握着这个国家的经济命脉。

"既然我们家族这么有钱，是不是代表我可以不上学也不工作？"他问。

"理论上是，但人的一生总得找个事做，任何事都行。"

"任何事？"

"任何事。"

由于罗勃特还没想好做什么事，索性先把学上了。等他拿到学士学位后，脑海终于有了比较清晰的想法——他要当一名古董商。

这个决定不是无来由的，因为他家的古董数不胜数，他早练就鉴赏的品味，只是想要达到真正的鉴赏能力还需要不断的学习。还好他的背景雄厚，经得起一再地"花钱买教训"，最后终于得到业界的认可，成为一名"名副其实"的古董商。

几年过后，罗勃特成立罗氏拍卖行，为的是更好地让古董流通。没想到新成立的拍卖行表现突出，光去年的成交额就已达到五千万美元。

至此，罗勃特无疑是成功的。有人好奇一问："你对自己的事业有什么愿景？"

"没什么愿景，我不过是找个事做罢了！"他答。

（562）

突来的战争让Tina慌了神，她快速打包好行李，然后跟着全家一起逃亡。

本来的计划是搭乘火车到最近的K国，结果K国不仅关上大门，还荷枪实弹地严防死守，看来只能徒步北上到C国，可是这条路并不好走，因为中间隔着一座大山，就算登山经验丰富的老手也战战兢兢，何况Tina一家老小？

果然才爬了一小段，家里的老人就不行了；再过几天，两个学龄前的孩子也跟着没了。Tina和老公来不及伤心，匆匆掩埋家人后继续赶路，也不知经过多少的苦难，两人终于抵达C国，并被C国收留。当得知获救后，Tina紧紧抱住身

旁的老公哭泣，流的当然是喜悦的泪水
。

"好了，别哭了，"老公轻拍她，"未来
的路长着呢！"

此话一出，无疑当头一棒，今后他们是
否要住在难民营里？要住多久？倘若祖
国一时回不去，他们能和当地人一样工
作和居住吗？她和老公都是文员，在本
国都不好找工作，何况他国？如果找不
到工作，会不会被派去扫厕所？她最害
怕粪坑的味道，想想就作呕……

"亲爱的，妳怎么了？"她的老公发觉有
异，遂问。

"我想我需要服用阿普唑仑。"

"妳已经近一个月没吃药了。"

"我知道。"

（注：阿普唑仑是抗焦虑的一种药物
。）

（563）

某天，在电视台工作的小季问唐言能不能客串情感节目里的一个角色？

"什么角色？"他兴致勃勃地问。

"你和多年的女友闹矛盾，上节目寻求帮助，最后在专家的建议下和好如初。"

听起来不难，于是在征求家人的同意后，唐言高高兴兴地接下这份"兼职"。

没多久，他得到一份脚本和一个手机号。

"女孩子叫魏倩如，是你交往五年的女友，你有空和她交流一下，免得上电视时两人不来电。"小季对他说。

于是唐言下班后便拨通"女友"的电话，没料到对方冷冰冰的，仿佛当他是销售员。

这可不行！唐言当下便约她出来喝一杯。

"我又不认识你，万一你……"

"那么到麦当劳好了，窗明几净兼人来人往，妳不用担心有立即的危险。"

"可是我妈说……"

"把妳妈也带上。"

魏倩如听完噗嗤一笑，同时也放下了防卫的盔甲。

在麦当劳里，唐言巨细靡遗地介绍自己，同时表现出对魏倩如很感兴趣的样子。

"我没谈过恋爱，也不知小季为什么找上我，我完全不会演戏。"她答。

"不需要演，我会待妳像真正的女友。"说完，唐言对她微笑，眼里有满满的爱意。

没谈过恋爱的魏倩如哪禁得起这个？当晚她便失眠了。

次日，当唐言再次拨通电话时，他能清楚地感觉到对方的变化，不仅不再冷冰冰，反而相当热情。

"想不想出来喝一杯？"唐言乘胜追击。

"好。"

"妳可以带上妳妈。"

"………讨厌！"

他俩在酒吧里有段快乐时光，道别时彼此都意犹未尽，所以又约着隔日再见。

"以这个速度，上电视时绝不会穿帮！"唐言颇具信心地想着。

不妙的是到了真正录影时，魏倩如竟然拒绝和"男友"闹矛盾，谁说都不听，唐言只好把她拉到角落说好话。

"那么你答应我，闹完矛盾一定会和好。"她说。

"那是肯定的，脚本就是这么写的。"

"打勾勾。"

唐言心想这个年近30岁的女人未免也太幼稚了？但为了大局着想，他还是与她勾了勾手指。

果然接下来的录影进行得相当顺利，就在专家提出建议，两人就要同意和好时，魏倩如忽然问："我们会结婚吗？"

这不在脚本上，但唐言没有慌张，坚定地答："会。"

"什么时候？"她又问。

"最晚年底。"

听到这个回答，魏倩如红了眼眶，上前给唐言一个拥抱。在场观众无不动容，这是目击求婚现场呀！

录影结束后，两人回到后台，唐言瞬间就脱离角色，可是魏倩如慢了一点儿，她问"男友"："什么时候见双方家长？"

唐言轻敲她的脑壳，答："戏演完了还演？节目组可不会多发妳工资喔！"

"我不是在演戏，我是认真的。"她惨白着脸，"告诉我，你也是认真的。"

唐言傻眼了，这不过是一出戏，她怎么就上纲上线了？

好说歹说下，这个女人仍不愿相信一切只是戏，如果唐言真的不爱她，为什么要夜夜邀她外出且各种的嘘寒问暖？这没必要，不是吗？

眼看事情越闹越大，小季把唐言拉到角落，问："你是不是真爱上人家了？是就直说，反正男未婚女未嫁，这不刚好？"

完了！唐言感觉自己掉进了一个深不可测的陷阱里，还好关键时刻他想起了专家，他们应该还没走远。

"喂！你去哪里？"小季扯着喉咙问。

"我去找专家！"唐言答。

（564）

连续下了两天暴雨，马路上已经开始积水，阿顺伯想着何不把下水道的井盖打开？

果然井盖一打开，不过几分钟的时间，路上的积水已少了大半。

"那就先这样吧！等雨完全停了，我再回来把井盖盖上。"阿顺伯心想。

结果不到半天的工夫，有人落入下水道的消息便传开了。当阿顺伯赶到现场时，失踪者的家属正跪在那里呼天喊地。

"是谁这么缺德？"阿顺伯率先喊出，"打开井盖也不做个警告标志，这跌下去还有救吗？"

（565）

江洋介和蔡荣轩皆是白教授的高徒，向来有瑜亮情结，为了博得教授"关爱"的眼神，两者的竞争已经到了剑拔弩张的地步。没多久，白教授宣布江洋介为自己的特别助理，将跟随他到瑞士开国际会议。

很明显，蔡荣轩败下阵来。

然而等师徒俩从瑞士归来，白教授却推荐蔡荣轩担任X大药业的董事长秘书，这下子江洋介不开心了，怎么到头来让那小子捞到好处（传说X大药业的油水很足）？

"洋介啊！我该找个接班人了。"

听白教授这么一说，江洋介立刻释怀，原来自己正是那个接班人，蔡荣轩不过是被白教授以冠冕堂皇的理由给踢出学术圈。

十几年后，江洋介终于坐上白教授的位置，底下同样有两个表现杰出的博士生。他想了想，把最听话且肯24小时待命的那一个留下来当接班人，至于女婿人选……塞进Y大药业正好，事少钱多，女儿不用守活寡。

（566）

P是谨慎国的网络警察，他的工作是净化网络，但凡有违社会善良风俗、影响国家形象的言论皆会被屏蔽，严重的话还会关闭平台、追究个人的法律刑责。

这一天，有人投诉作家K的作品尽写国家的黑暗面，是不爱国的表现，应该全面下架其作品……

P还来不及回复，又有人投诉作家J尽写上不了台面的性事，是不入流的表现，应该全面下架其作品……

从文学的角度看，K和J都是百年难遇的杰出作家，在国际上享有很高的声誉，但从社会稳定的角度看，的确是两枚炸弹。

考虑再三，Ｐ决定下礼拜封杀，他好匀出时间在网上下单。

（567）

杨久妹生了五个孩子，由于家里穷，她决定用最土且无可奈何的方式来养育，那就是不让他们接触外人（没有比较就不会受伤害，也就更能接受自己的宿命）。

然而她的计划还是被破坏了，因为村干部说每个孩子都有受教育的权利与义务。

既然是国家政策，杨久妹只得同意，结果上了学的孩子全变坏了，譬如拒绝吃过期食品、上完厕所马上冲水等，完全没考虑到家里的经济条件差且用水困难。

这下子杨久妹气炸了，坚决不再让孩子上学，没想到却得到村干部的理解和同意，颇出人意料。

几年过后，杨久妹一家的宅基地和稻田被征收，只得搬到更偏远的地方，不仅房子变小了，土壤还贫瘠，倒是村干部在镇上买了房，还开上一辆丰田，以他的薪水，不吃不喝也得四十年才能办到。

（注：文盲的代价。）

"崔先生，咱们长话短说，能加班不？"HR问。

"如果必须的话，我尽量配合。"

"实话告诉你，设计这个东西没什么准绳，买家说好就是好，说不好就得改，这一改，大半夜就去掉了。"

"加班有加班费吗？"

"没有，不过年末有分红。"

"会写进合同里吗？"

"不会，但你放心，这么大一家公司不会说话不算数。"

"既然这样，何不写进合同里？"

"这是行內潜规则，你不懂就落伍了，再说……"HR二次确认资料，"你已经38岁，这个年纪不太好找工作。"

崔先生沉默一会儿后，问："什么时候上班？"

"你回去等消息，最晚下礼拜给答复。"

崔先生走后，第二位求职者登场。

"谢小姐，咱们长话短说，能加班不？"HR问。

"不能，除了工作，我还有其他事情要做。"

"妳在做兼职？"

"没有。"

"那……"

"妳没有朋友吗？"谢小姐停顿了一下，"下班后总得和朋友交际应酬，就算不见朋友，也有很多事情可做，譬如打打游戏或听听音乐。"

HR咳嗽两声后，说："实话告诉妳，设计这个东西没什么准绳，买家说好就是好，说不好就得改，这一改，大半夜就去掉了。"

"加班有加班费吗？"

"没有，不过年末有分红。"

"会写进合同里吗？"

"不会，但妳放心，这么大一家公司不会说话不算数。"

"既然这样，何不写进合同里？"

"这是行內潜规则，妳不懂就落伍了，再说……"HR二次确认资料，"妳刚毕业，今年又是最难就业年，所以……"

谢小姐没等HR说完，径自宣布今天的面试结束。

HR愣住了，好半天才缓过神来，问："难道妳不怕找不到工作？"

"想让年轻人委屈自己是不可能的，妳不懂就落伍了。"谢小姐答。

（569）

挂上电话，小泥的老公对她说："现在是夜里11点14分，我们还要不要过日子？"

"梦秋的老公有外遇，她需要人倾听。"

"已经连续两个多礼拜了。"

"我知道，所以我在开导她，等她想通了，自然不会天天煲电话粥。"

自从梦秋的老公和一个女大学生搞在一起，她天天打电话向闺蜜哭诉，然而不管小泥怎么支招都没用，因为梦秋既不想离婚，也不想委屈求全，只想时光倒流，回到从前的岁月静好，偏偏这是最不可能实现的，所以两人才会一再"鸡同鸭讲"，而且一讲就是三、四个小时，若不是小泥隔天还得上班，估计讲电话的时间还会延长下去。

这一天，小泥来大姨妈，晚餐便随便吃吃，结果一吃完，还没来得及收拾碗筷，梦秋来电话了。由于谈话内容大同小异，小泥有一搭没一搭地应着，心里想着是否该上厕所换个卫生巾，就在这时候，梦秋问："……是不是？"

"……是。"

"是？"

小泥想着完了，刚才问什么来着？于是改口回答"不是"。

梦秋沉默一会儿后，问："我刚刚问什么？"

"问……问……妳知道的。"

然后电话那头传来挂机的声音，小泥仿佛得到特赦般，立即冲进厕所解救弄脏的裤子。

接下来的几天，梦秋不再打电话过来，小泥也乐得清闲，但时间一长，难免感觉不对劲，于是向共同的朋友旁敲侧击，这才得知梦秋不仅起诉离婚，同时索要大笔的赡养费，这下子她老公反而认怂，乖乖回归家庭……

小泥一听说喜讯，立马打电话给闺蜜，结果发现自己被屏蔽了。

这个结局说意外也不意外，但的确像把利刃插入小泥的胸口，更惨的是她还无处哭诉（自己没有仗义到底，现在说什么都是错的）。

基于对文学的热爱，赵本虎创办了神笔网，由于没有广告植入，很快便拥有一批死忠的创作者，每天文章的发布量不下十几万篇，这引起某个资本团队的注意。

"是这样的，我方注资一千万元，每年你能拿整体收益的10%，但不再插手运营。"团队代表说。

赵本虎创办神笔网的初衷不是为钱，所以拿分红（尤其什么事都不用做）对他来说没那么大的吸引力，真正让他动摇的反倒是其他。

"你们打算如何运营？"赵本虎问。

"怎么让利益最大化就怎么运营。"

"意思是作者也能有收入？"

"那是当然的，即使没肉吃，起码也能喝汤。"

销售这一块向来是赵本虎的心病，以致神笔网虽然表面风光，但谈不上营利，作者自然也两袖清风。

考虑再三，赵本虎决定退出，让擅长运营的人上场，顺便也让作者有实现财务自由的可能。

自从换了当家之后，神笔网果然表现不俗，第一个月就坐收百万。与此同时，作者们也发现了异常——原本干净的页面被植入大大小小的广告，更糟的是占据阅读排行版前十的文章不再正儿八经，光看书名就知道游走法律边缘，譬如《少女失足日记》、《处女初夜权》、《官人我要》……等等。

这个改变让高风亮节的作者们纷纷打退堂鼓，只剩几个想力挽狂澜的人在苦撑着，说是"出污泥而不染"也好，说是"涅而不缁"也罢，但都改变不了神笔网已成色文网的事实。

赵本虎看在眼里，急在心里，好好一个文学网站被糟蹋成这样，他能无动于衷吗？可是经营权已然交出，即使有心也无力扳回，反倒因为挂名，同时参与了分红，赵本虎被推到风口浪尖，说是过街老鼠也不为过。

不久，有关部门下令神笔网做整改，这正中赵本虎的下怀，他心中窃喜。

然而既得利益者怎肯让赚钱的机会溜走？当然继续我行我素，其结果便是让神笔网彻底玩完。

在赚走最后一桶金后，资本家把烂摊子丢还给赵本虎，等待他的除了人们的唾弃外，还包括两年的刑期。

"呵呵……"赵本虎边笑边摇头，"办个文学网也能将自己送入大牢，我大概是全球第一人！"

（571）

填完问卷调查表后，小陈能感觉到房产中介Luke的脸色明显不对。

"怎么了？"他问。

"我们公司目前没有这个价位的房源。"Luke答。

小陈仿佛得到特赦，这是逃离的好机会，可是……

"我知道中国人普遍有钱，"Luke很快开口，"你是不是担心无法贷款，所以把预算压低了？"

其实小陈跟"有钱人"完全沾不上边，口袋里的余钱还是省吃俭用多年攒下的，还有，他只想全款买个小户型，不打算贷款，但解释这些根本没必要。

"是的。"小陈答。

"太好了，我手中刚好有一套精品别墅，拿你的预算当首付绰绰有余，至于贷款……你不用担心，我负责帮你搞定。"

小陈本来的想法是看看无妨，届时再说自己没看上不就结了？可是接待他的女士像仙女一样美丽，小陈脑子一热，糊里糊涂就签下合同，莫名其妙背上30年的房贷。

回国后，他越想越不对，忍不住在网上吐槽。

"那个女的是不是Luke的妹妹，名字叫Luce？"西风瘦马问。

"是的。"

"离开别墅后，Luce有没有带你进小树林？"

Luce的确带小陈进小树林，可是西风瘦马怎么会这么清楚？

还没等小陈开口问，那人主动答："Luce 也带我进小树林，兄弟，原来我俩是邻居呀！"

还没等小陈开口问，那人主动答："Luce 也带我进小树林，兄弟，原来我俩是邻居呀！"

（572）

W 国和 H 国积怨已久，这次争执的起因在于 W 国怀疑 H 国向两国共有的河流投毒，导致位于下游的 W 国人民汞中毒。

H 国当然矢口否认，但 W 国根本不采信，两国随即发生第23次大战，规模超过从前……

时间回到第23次大战发生前，W 国的居民 Sabella 在喝下老公递过来的水后身体开始抽搐，对照之前发生过的头晕、头痛、健忘、多梦、心悸等症状，医生判断可能是汞中毒，污染源待查，可是 W 国却立即宣布污染源是与 H 国共有的河流，从而引发大战。

"嘘～"Sabella 的老公大松一口气，"我还以为这次会牢底坐穿。"

"嘘～"Sabella 的老公大松一口气，"我还以为这次会牢底坐穿。"

（573）

身残志坚的康平本来对求职信心满满，然而现实却是残酷的。

"平儿，工作有消息吗？"他的父亲问。

"没有，也许……也许他们都在乎我是个残疾人。"

"这是不可能的事，你再试试哈！"

结果大半年过去了，依旧没有任何一家公司伸来橄榄枝，康平一天比一天消沉。

某天，他的父亲兴冲冲地告诉他："我们公司的会计部正在招人，你不妨试试。"

康平的父亲在一家国企任职，由于待遇好，要求相对也高，这样的公司会要一个残疾人吗？

虽然心有疑虑，但康平还是投了简历过去，没多久就收到面试通知，再没多久，他被录取了，康平的高兴自不在话下。

"平儿，进了公司之后，你得加倍努力，才不会落人口实。"他的父亲说。

"放心，我一定会比别人努力十倍、百倍。"他答。

结果上班才两天，康平便提出辞职。

"为什么？"他的父亲问，眼眶含泪。

"因……因为……因为我想考公务员，那个更适合我。"

后来康平发愤读书，果然通过公务员考试，只是工作地点相对偏远，薪水也一般，他却甘之如饴，因为与其让父亲为自己"跪"求一份职业，他宁愿要这个。

<（574）>

Mike落入凡间前，上帝曾应允他——极目所至皆为他的领土。

这个承诺一直被Mike牢牢记住，以致还在蹒跚学步时就爬上爬下，总让他的母亲胆战心惊。

某天，十岁的Mike终于爬上家乡最高峰，不禁喜形于色，心想再过不久，村民们都会对他俯首称臣，结果山友的一句话让他心头一惊，原来家乡以外还有更高的山，而且为数还不少。

这激起了Mike的好胜心，他不断加强体能训练，然后挑战海内外各座叫得出名字的山，最后只剩一座。

"来吧！珠穆朗玛峰。"Mike仰头对世界第一高峰说。

历经九死一生后，Mike终于爬上珠穆朗玛峰，完成人生中最大的梦想，与此同时，他也做出让人意外的决定。

"我以为你会从政，这是统领天下的第一步，怎么反而做起环保？"有人问起。

他平静地答："当我登上小山时，极目所至还能看见大片的土地，等我越爬越高，看得见的土地越来越小，而当我爬上世界第一高峰时，除了被皑皑白雪覆盖的山头，什么也看不到，最后我悟出一个道理，那就是视野越短浅者，执念越深，所以我决定跨越那个层级，往更高的维度修行。"

（575）

"请问手腕上的动脉是哪一条？"

覃九华发完帖子，只一会儿的工夫，帖子下方已经筑起长城，有的说手腕上没有动脉，要他别找了；有的告诉他人生没有过不去的坎，过几年再回头看，这些根本不是事儿；有的让他想想自己的父母，白发人送黑发人，情何以堪？而更多的是向他伸出友谊之手，甚至直接说出"我爱你"三个字。

几天过后，覃九华又发帖子："请问从高楼往下跳，怎样能不砸到人？"

只一会儿的工夫，帖子下方已经筑起长城（像前几天一样），只是这次有人发现了不对劲——怎么这个叫"寂寞午夜"的人又发出类似的求救信号？

此言一出，风向立刻变了，所有人开始网暴寂寞午夜，认为他消费了大家的同情心……

隔天清晨，清道夫发现鑫华大厦的楼底躺着一个人，左手腕的鲜血仍不断地往外冒，这是有多绝望才会采取如此激烈（割腕兼跳楼）的自杀方式？

面对惨状，清道夫立刻拿出手机报警，接线生问他："人还活着吗？"

"我看看……"清道夫仔细查看一下，发现受伤的情况比想象中还糟糕，"应该是死了。"

挂上电话后，清道夫用手中的扫帚捂住那人的口鼻，直至再也无一丝气息。

（注：清道夫认为在那种状态下，死比不死好，他是做了善事。）

（576）

Kathy是罗纳中学的校花兼啦啦队长，每天排队等着和她约会的人数不胜数；反之，Lea的存在感就很低，这与她不出众的外表和安静的个性有关。谁能想到差距如此之大的两人却因缘际会走在一起，只是画面有点儿奇怪，像极了公主与侍女。

"明天早上我想吃Dunkin的甜甜圈和咖啡。"Kathy对Lea说。

"好咧！"

结果隔天Lea家附近的Dunkin因故没营业，她愣是骑着单车到五公里外的另一家购买，导致错失了第一堂课。

"谢啦！" Kathy答完，边吃甜甜圈边加入别人的谈话，而Lea则捧着咖啡跟在身后，以防Kathy忽然口渴。

某天，Kathy毫无预警地失踪了，这个消息在人口不多的罗纳镇炸开了锅。

"妳最后一次看到Kathy是什么时候？"警察问Kathy的小跟班。

"这个星期二的傍晚，当时Kathy说晚上要跟Ben约会。"Lea答。

于是警察询问Ben，Ben矢口否认，同时给出不在场证明。

警察又回过头来找Lea，这次的回答就没那么坚定了，她表示Kathy的男友很多，Ben相对没那么出色，所以临时换人约会也是有可能的。

"妳怎么评价Kathy？"警察改个方向问。

"漂亮、聪明、骄傲……眼中只有自己，别人都是一坨屎。"

这个回答有点儿出乎意料，但放在一个条件极好的女孩身上，好像也没那么奇怪。

警察把小镇上的相关人员都询问一遍后，马上进行地毯式搜索，可惜轰轰烈烈地展开却是徒劳无功地结束，转眼间，五年过去了......

"Lea，看我买的什么？"Ben把藏在身后的蓝纹奶酪拿出来，"可贵了。"

"臭死了，"Lea一把将东西推开，"我不知道你喜欢吃这玩意儿。"

"本来我也不喜欢，是Kathy......"Ben忽然住嘴，"对不起。"

"没事，我不和她计较。"

因为这个回答，Ben多看了自己老婆两眼。

"怎么了？"Lea问。

"没什么。"

Ben嘴里答没什么，心里却很忐忑，因为Lea的"不计较"使用的是过去式，意思是她非常确定Kathy不会再出现，莫非......

怀疑的种子一旦种下，生根发芽是分分钟的事，Ben忆起了那个傍晚，Kathy打电话约他晚上见面，可是很快又取消，给出的解释是如果她跟他见面，"某人"就要彻夜失眠了。

这一天，Ben躺在床上辗转反侧。

"睡不着吗？"他身旁的老婆问。

"嗯！"

于是Lea下床翻找，然后给了他一杯水和一粒安眠药。

"我不知道妳有失眠的困扰。"Ben问。

"老毛病了。"

"是不是女孩子都容易失眠？"

"也不是，Kathy就从不失眠。不过不失眠的人反而容易对安眠药做出反应，哪像我，有时吞了好几粒也睡不着。"

"所以妳只给她一粒？"

"是的。"

话一答完，Lea石化了。

Ben深吸一口气后，问；"为什么？"

"因为……因为我爱你，打从很久很久以前就爱得无法自拔。"

"自从……妳还失眠吗？"

"是的，不吃安眠药无法睡觉。"

"如果……"

"不，我宁愿死别也不要生离。"

后来Ben和Lea离开罗纳镇，走得那样匆忙，以致屋內有很多东西都未带走，倒是后花园整理得相当干净，新铺了大面积的腐叶土，上面的花朵争奇斗艳，好不热闹。

（577）

好不容易利用公权力把最后几户拒绝拆迁的人家给"扫地出门"，公共建设（公园）终于得以进行。

对于这个难得的休闲去处，市民们无不翘首以待，然而三年过去了，原来的老房子还是没拆完，难怪有市民会建议："何不投个炸弹将它夷平？"

这当然是玩笑话，市民只能耐心等待。结果等来等去，等来一纸通知，原来市政府决定将公园迁到郊区，那里更大、景观更好，还有一个自然形成的湖泊（不用动手挖人工湖）。

既然是市政府下的决定，自有其道理，市民们也不好说什么。

某天，一批新工人进驻，短短一个礼拜就把所有的老房子全铲平。

"请问这块地将做何用？"有市民拦下其中一名工人问。

"当然盖商场啰！这地可贵了。"工人答。

（578）

史密斯家的比熊误闯格林家的前院，结果被格林家的德牧犬给锁喉，当场毙命。

比熊的主人当然不肯善罢甘休，一纸诉状将格林夫妇告上法庭，索赔五万美元。

法官在听取双方证词后，判决败诉，因为比熊闯入的是格林家的产业，后果自负。

史密斯夫妇不服，提出上诉，这次的法官是一名华裔，直到三十多岁才归化入籍。

刘法官在听取双方证词后，判决格林夫妇需承担1/5的责任，赔偿受害家庭一万美元。

"为什么？"格林夫妇的代表律师问。

"为了社会和谐。"刘法官答。

（579）

病入膏肓的罗老先生在病房里接见他那52岁的儿子。

"爸……爸……"罗福至边喊边扑向自己的父亲。

众人忙将他拉开，免得加速罗老先生的死亡。

"别……别……"罗老先生举手制止，"让我跟福至讲讲话。"

获得自由的罗福至来到父亲跟前，说："老……老师告诉我，你……你要到很远的地方，有多远？"

"很远……很远。"

"我可不……可不可以跟你一起去？"

178

"不行，不过我答应你，以后我们一定会再见面。"

满足生前见儿子最后一面的心愿后，罗老先生平静地合上双眼离开人世，而那个智障儿却丝毫未察觉到，依旧笑得灿烂……

虽然结束了纷纷扰扰的一生，但不表示罗老先生心无遗憾（其中最大的遗憾就是没能给儿子一个正常的脑子）。

"你即将进入轮回，请做好准备。"上帝对他说。

"等等，我有个请求，能不能……能不能让我回到儿子出生前？"

"你想改变历史？这未必是好事。"

"求祢了，拜托！"

上帝最终应允他，罗家果然迎来一名健康男婴（未雨绸缪做了剖腹产手术，避免了脐带绕颈的风险），两夫妻笑得合不拢嘴。

时间来到52年后，病入膏肓的罗老先生在病房里接见他那52岁的儿子。

"爸，"罗福至把一纸遗书递过去，"律师在这，你赶紧签名！"

"你母亲还在，总不能让她连个挡风遮雨的住所都没有吧？！"

"干！赌场老板就要砍死你儿子了，你还唧唧歪歪？我可警告你，一旦我死了，代表罗家绝后，到时候你会被阴间的历代祖宗骂了个狗血淋头，所以还是爽快点吧！"

满足儿子向自己提出的最后一个心愿后，罗老先生无奈地合上双眼离开人世，而那个健康儿却丝毫未察觉到，依旧数落个没完……

（580）

当马克坐在面湖的石椅上大啖美食时，一个孩子走过来，眼巴巴地盯着他瞧。

"看什么看？没看过有钱人吃汉堡吗？滚！"

赶走小叫化子后，马克囫囵吞下汉堡和可乐，然后快速赶回公司打卡……

转眼三年过去了，这三年发生了很多事，包括马克被公司辞退、老婆跑了、房子被房东收回……等。由于没有固定的住所，马克连失业救济金也领不到，加上逢上百年难遇的经济大萧条，人浮于事，他暂时只能以乞讨为生。

这一天，马克终于攒够 5 英镑，他高兴地直奔汉堡店。点餐人员告诉他只要再加 1 英镑就能多得一个汉堡和一杯可乐，可是马克把全身上下所有的口袋都翻遍了也没有多余的铜板。

这一幕恰好被一名妇人看到，她直接把 1 英镑放在柜台上，转身就走。

"谢谢！"马克喊着。

妇人挥挥手，头也不回。

成功拿到两个汉堡和两杯可乐，马克兴奋得像中了头彩。

当他坐在面湖的石椅上大啖美食时，一个孩子走过来，眼巴巴地盯着他瞧。

马克嘴里咬着汉堡，目光却飘向另一边，试着去忽视那双渴望的眼睛，可是越吃心里越不是滋味。

"你想吃吗？"马克终于开口。

那孩子点点头。

于是马克给了他另一个完好的汉堡，孩子大口大口地吃起来，他索性把另一杯没喝过的可乐也递过去。

看着孩子满足的笑容，马克好像明白了一些道理，至于是什么，他也说不上来

，反正现在的他终于能安心地享用一天
当中唯一的一餐。

（581）

说起廖伟菏，家里老的老，小的小，妻子还生着病，他是全家唯一的劳动力和经济来源，偏偏装修工的收入很不稳定，淡季时连饭都吃不上，这样的人家才是政府应该照顾的首要对象，不是吗？可是他们一家硬是排队两、三年也住不上廉租房。

像廖伟菏这样的家庭并不是特例，同样没享受到政府德政的还有很多，于是有专家建议将廉租房内的厕所拆了（排粪管也封了，以防租户私自设马桶），另盖公共厕所。

"什么狗屁建议？穷人就不配拥有独立厕所吗？这是赤裸裸的歧视！"廉租房的租户们纷纷抗议。

可是政府最终还是采纳专家的建议。

当厕所一个个被拆除时，但凡有点儿经济条件的租户皆相继搬离，这下子廖伟荷一家终于排上号了。

尹梦洁在商场里看到一张白色桌布，上面有一圈淡粉色的小碎花，一下子就触碰到她的少女心，没多加犹豫便买下了。

回家后，尹梦洁立即把婆婆买的咸菜色桌布换下，整个房子的氛围瞬间变梦幻了。

"咦！桌布怎么不一样？"下班回来后的老公问。

"我买的，怎样，好看吧？！"

她老公答挺好的，但一听说这张桌布要价500元时，脸上浮现怪怪的表情。

等尹梦洁把最后一道菜端上桌，刚串完门子的公婆正巧进屋。

"咦！桌布怎么不一样？"尹梦洁的婆婆问。

"我买的，怎样，好看吧？！"

"还行，"她的婆婆摸一摸新桌布，"原来的桌布呢？"

"扔了。"

"扔了？"她婆婆扬起声，"那桌布好好的，怎么就扔了？妳呦！太不会过日子。"

后来还是她公公当和事佬，矛盾才没有进一步扩大，一家人总算坐下来吃饭。

正吃着呢！公公随口一问："这桌布多少钱买的？"

尹梦洁的老公来不及阻止，她已经先一步公布答案。

"五百？咋这么贵？"她的公公问。

"一分钱一分货，这布是进口的。"尹梦洁答。

"哼！反正花的是咱儿子的钱，她一点儿也不心疼。"她的婆婆捅来一刀。

拥有新桌布的欣喜立即荡然无存，尹梦洁正想着该如何反击，六岁儿子的一个举动让在场的四个大人全屏住呼吸，还好尹梦洁的老公眼明手快，及时把汤碗扶正，没让里面的汤汁洒出来。

"什么颜色不好买，偏偏买白色，这汤汤水水的，染色后还能看吗？白浪费那500元！"她的婆婆捅来第二刀。

这次尹梦洁没忍住，明来暗去地讽刺这个家像难民营，吃的、喝的、用的全是便宜货。还有还有，她是为了照顾小宝才辞职，不代表她没有谋生能力，如果不是家里养着闲人还拒绝照顾自己的亲孙子，她大可出去赚白花花的银子……

争吵最终在两个男人各自拉开自己的老婆结束。

隔天一早，尹梦洁的婆婆主动包办早餐，她也就顺势赞美荷包蛋煎得漂亮，一家人又和好如初，只是从此吃饭不再成为一种享受，每个人都小心翼翼，生怕一个不留意，把白桌布染成大五花，让500元打了水漂。

然而再怎么如履薄冰，一颗油汪汪的狮子头还是粉碎了他们的念想。只见尹梦洁动作迅速地将狮子头捡起，她婆婆则冲进厨房拿抹布，嘴里念叨着："阿弥陀佛！"

谁能想到神奇的一幕随后发生了——桌布上的深褐色印子被抹布一抹，立即干干净净。

"呵！这进口的就是不一样。"她的婆婆说。

"难怪卖500元。"她的公公说。

"小洁真会买东西！"她的老公说。

不知为什么，尹梦洁一下子破防了，眼泪哗哗哗地往外流，像个受尽委屈的孩子……

（583）

Tik 意外死亡，他的父母忍着巨大的悲痛办理丧事。办完丧事后的某天，Tik的父母拿着死亡证明和其他材料到银行取钱，银行经理表示需要三天的时间核实，可是三天过后却传来账户里只有两千多元的消息。

"不可能！我的孩子每个月的工资不少，加上用钱小心，不可能只存这么点儿钱。"Tik的母亲首先不同意。

"很抱歉！这就是实情。"经理露出无奈的表情，"再说，现在的孩子未必每件事都会跟父母说，也许他有其他开销，只是你们不知道而已。"

Tik的父亲要求看儿子的银行账户明细，经理老神在在地答没问题。

看过明细后，Tik的母亲老泪纵横，没想到自己的儿子是月光族，她原以为他是个很自制的人。

几天后，一个自称是Tik同事的人打来安慰电话，同时告知丧葬费和同事们自发给的慰问金都已经汇入Tik的账户內，请查收 。

"这钱是何时汇的？"Tik的父亲问。

"上个月28号汇的，我这边显示两天后，即30号就已到账。"

Tik的父亲立刻拿出银行明细，发现并没有这笔款项，接着又问："公司都是何时发薪水？"

"一般是26号，逢周末则顺延一至两天。"对方答。

Tik的父亲再次对照明细，果然发现可疑之处，隔日便上银行问个明白。

"对不起，搞错了，实在抱歉！"银行经理陪着笑脸说。

后来Tik的父亲把此事发表在网上，有网友忧心忡忡地表示自己的母亲刚去世，不知银行会不会故技重施？

"你若知道母亲的银行卡密码，我建议你每天上取款机取钱，直到取完为止。"Tik的父亲答。

（584）

Siena在某国财政部做福利金的发放审核工作，由于钱款来自税收（是每个纳税人的血汗钱），她得做好把关，不能让社会蛀虫得逞。拿她手中的这份申请表为例，该申请人已经领取半年的失业救济金还想继续啃国家福利，这哪成？于是她果断盖上"拒绝"的印章，这下子Bret会被要求每天到就业中心寻职，甚至直接被安排工作（譬如扫大街、收垃圾、打扫公厕……等），反正不会再有天上掉馅饼的好事。

这一天，Siena的主管对她说："给皇室的补贴预算已经下来，妳审核一下。"

"好咧！"

193

Siena是超级皇室粉丝，她以能够为皇室成员发放生活费和公关费为荣。由于钱款来自税收（是每个纳税人的血汗钱），她得做好把关，不能委屈了这些蓝血人，毕竟他们是国家的门面，用钱的地方可多了去……

（585）

从前有一座森林发生传染病，森林之王下令把所有病人连同亲密接触者全放进一个巨大的牢笼里，每天发放食物和饮用水。

"搞什么？"豪猪嚷起来，"我是健康的，凭什么关我？"

"你昨天和狐狸讲过话，如今他确诊了，你极可能携带病毒，所以……"

"极可能？意思是你也不确定，万一我没病怎么办？这一关，没病也会染上病。"

"别担心，这病不服药也会痊愈。"

"那还关什么？"

"森林之王想借机探一探权力的极限，这没什么大不了的，你忍一忍就过去了。"

豪猪嘟囔几句，最后还是进了牢笼，因为他曾看过反抗者的下场（傻瓜才会往枪口上撞）。

结果这一关就是两个月。

到了解封这一天，动物们鱼贯而出，当看到站在牢笼外的森林之王时，无不跪下来磕头谢恩，那场面说有多感人就有多感人！

（586）

由于人口急剧下降，各国纷纷禁止堕胎。兹事体大，凯萨琳毫不犹豫就跟着上街游行，目的是让政府收回成命。

就这么闹腾了数日，某天，凯萨琳眼前一黑，昏了过去，再醒来时，医生对她说："很遗憾，妳的孩子没保住。"

凯萨琳听完后悲喜交织，喜的是终于解决一个大麻烦，悲的是以后还得以这种"壮烈"的方式解决。

"其实……"医生踌躇了一下，"妳不是唯一一个在此次游行活动中失去孩子的人。"

“什么意思？”

“不久前又送来两个，她们也没保住孩子。”他答。

（587）

以前仗着姿色，佟玲完全不愁会有山穷水尽的时候，可是近两年来找她的人越来越少，这提醒她再怎么嘴硬也改变不了现实——她已经年老色衰了。

思前想后，佟玲决定怀一个孩子，让这个孩子替她养老送终。

"养孩子不像养宠物，妳可想好了。"她的姐妹尤春喜提醒她。

"我知道养孩子不容易，但与其年老时孤独，甚至死了也无人知晓，我宁愿现在辛苦点儿。"佟玲答。

既然下了决定，现在就只剩择人问题了。佟玲把四周围的男人都过滤了一遍，发现他们老的老，丑的丑，而且一点儿文化也没有，根本没资格当她孩子的爹。

当她把这个残酷的事实告诉尤春喜时，后者敲敲她的脑袋瓜，说："妳傻啊！谁让妳在恩客中找？当然得找个正经男人。"

佟玲问哪里有正经男人？尤春喜想了想，回答镇上有个修鞋的，看起来像个文化人，不妨试试。

"妳指那个四眼仔？"佟玲接着问。

"正是。"

佟玲见过那个男的，话不多，看起来斯斯文文的，的确很像个正经男人。

选定目标后，接下来便是行动。都说"女追男隔层纱"，没多久佟玲便怀上了。

"我去摆摊了。"四眼仔说。

"好，"佟玲放下手中的针线活儿，"早点儿回来，晚上我煮油泼面给你吃。"

本来佟玲只想要个孩子，结果意外多了个伴侣，这么一琢磨，老天爷待她还是不错的。

诺瓦从小就对王室充满遐想，这得从他的奶奶谈起，因为她总喊他诺瓦王子或萨克斯公爵（他们居住在萨克斯郡），而推波助澜之手则来自他的小学老师，这位胖嘟嘟的女老师说诺瓦有一双松石绿的瞳孔，像王室成员一样。

"像王室成员一样"这句话从此牢牢刻在诺瓦的脑海里，他幻想自己是流入民间的王子，最后终会回归，然后拯救整个王室家族……

"诺瓦，你怎么又不整理房间？乱糟糟的，成什么样？"他的母亲颇为生气地说。

"王子何需亲自动手整理？自有佣人代劳。"诺瓦漫不经心地答。

"什么王子呦！你爸和你妈都是劳动人民。"

"我指的是我的亲生父母，他们可不是劳动人民。"

他的母亲听完后大惊失色，忙问："是谁告诉你的？"

诺瓦不过是随口一答，没想到还因此捅出一个惊天大秘密，他自然央求母亲将真相一五一十道来，不能有任何隐瞒。

自从知道自己"可能"是个王子后，诺瓦恨不得马上离开这个鬼地方，直奔王宫，可惜这个行动直到二十多年后才付诸实施，原因很现实——王储（也就是他认定的生父）风评不佳，万一过早爆料，导致父亲无法登基，岂不断了自己的大好前程？所以诺瓦做小伏低、忍辱负重，直到王储真的成为一国之君，他才站出来说出真相，并且呼吁"父王"及早与他做亲子鉴定，好让他回归家族。

新国王位子还没坐热就摊上这等麻烦事，搞得他一个头两个大。同样夜不能眠的还包括王后，如果诺瓦真的是王室成员，那么她当上王太后的美梦就要幻灭了（诺瓦的年纪比目前的王储大上6岁，根据王室规定，除非残疾，否则王位一律传给大王子）。

毫无疑问，王室因此陷入动荡不安的局面，可是诺瓦却丝毫没有危机感，依旧高调地张显着自己的不凡身份。几个月后，一场车祸忽至，诺瓦失去了一条腿。

"我的当事人愿意赔偿您一亿元，但您得答应永远不离开萨克斯郡。"肇事者的代表律师说。

"赔偿我本来就是应该的，凭什么限制我的活动范围？"诺瓦愤怒地答。

谈判不欢而散。

两天后，挂着拐杖出门的诺瓦再次出车祸，这次另一条腿也没了。

经过深思熟虑，诺瓦接受两位肇事者的经济赔偿，同时答应此生不走出萨克斯郡，不过有个条件……

十几年后，诺瓦意外故去，尸首长眠在萨克斯郡的某个墓园中，墓碑上写着：**萨克斯公爵之墓。**

· · ·

P.S. 当今国王依旧搞不清楚是否曾宠幸了诺瓦的母亲，毕竟当年被他蹂躏过的少女不在少数……

（589）

这一天，汪医生给一名湿疹患者开药，病人弱弱地问："我听说A药有效，能不能……"

"不能，"汪医生果断拒绝，"你别听信谣言。"

病人后来乖乖缴费去。

汪医生此次开的药合计240元，如果该病人复诊后抱怨无效，他便另开他药，但绝对不能是A药，因为它太便宜，便宜的药又怎会是好药？

（注：这是表面理由，汪医生实际在乎的是获利空间。）

（590）

胡海匀和老婆平日舍不得吃、舍不得穿，两人起早贪黑、胼手胝足，终于在往生之前还完房贷。

"儿啊！你妈走了，如今我也要随她而去，这套房就归你，也算是留给你的一个念想。"胡海匀气若游丝地对儿子胡小兵说。

当日夜里，这个劳苦大半辈子的男人因抢救无效，永远闭上双眼。没想到他的儿子在替他做完头七后，转身便将房子卖了。

成功拿到房款的胡小兵立即投入股市，由于经验不足加上操之过急，两百多万的房款如今已所剩无几……

"这个败家子！"在天上俯看人间的胡海勻气得七窍生烟，"早知如此，我何苦委屈自己？"

"别气了，上梁不正下梁歪，是谁把我那几十亩地给赌没了？"

胡海勻抬头一看，立即没了底气，吞吞吐吐地答："我以为自己能翻身，谁知对方出老千。再说了，那也不是块好地，种啥啥没有，倒不如赌把大的，兴许能换来第一桶金，让我从此走上人生的康庄大道。"

东兴菜市场就要改建大商场，租户们陆陆续续搬离，但许阿贵仍坚守着，理由倒很充分，那就是他的租约还剩大半年，没理由赶他。

房东自知理亏，提出赔偿他N+1的方案（剩下的租金不用再付，房东还原数倒贴，同时另加一个月的租金补偿款）。

在旁人眼里，这个条件极好，但在许阿贵的眼里，这简直侮辱人，因为房东什么事都没做就白得五百万元的拆迁款，倘若年底前交出摊位还能多得一百万元，许阿贵看中的正是那一百万元的奖励，怎么说自己也该得一半（五十万元）才是。

"你这样就不厚道了，我是租给你，又不是卖给你，凭什么奖励你拿一半？"房东说。

"凭什么？凭我的租约还没到期，想赶我走就得付出代价。"他答。

许阿贵的租约明年三月才到期，如果等到那时候，一百万元的奖励算泡汤了，然而要房东拿出一半给租客，心里又不甘。

思来想去，房东决定给许阿贵二十万元，这已是他的底线。

孰知许阿贵根本不把二十万元当一回事，扬言没有五十万元，什么都别谈！

几天后，东兴菜市场突发一场"可疑"的大火，烧得只剩框架。这下子负责拆除的单位省事了，可以原地盖楼，可怜的是许阿贵，二十万元一瞬间没了，连跟房东协商也缺乏底气，倘若还能得到N+1的赔偿，算他走运！

（592）

早些时候，秦易首付210万元买了一套700万元的房子。一年后，房子小涨了一些，于是他通过贷款公司二贷出300万元。拿着这些热呼呼的钱，秦易跑到邻近城市以同样的方式买房，一来二去，他成了名下同时拥有十几套房的"富豪"。

"人哪！格局得大，否则是赚不到钱的。"他得意洋洋地说，手里有一叠以他为权利人的房产证。

几年过后，经济开始下行，导致房地产市场疲软。这一疲软就是好几年，让秦易大为头疼，因为他靠的是吃差价，如果房子不能及时脱手，他很快就会被贷款利息给压垮，果不其然……

"人哪！格局得大，否则早走上绝路！"
他无限感慨地说，手里有一叠以他为失
信被执行人的判决书。

（593）

与林永辉交往一阵子后，小倩提出分手。

"离开妳，我不可能再交往其他女生。"林永辉颇为伤心地说。

哪知不到两个礼拜的时间，这位前男友便和学妹手拉手走在校园内。

"他明明说过不会再交往其他女生。"小倩忍不住向闺蜜抱怨。

"妳是不是还爱着他？"闺蜜问。

"当然没有。"

"那妳管他跟谁在一起？！"

"可……可是做人得讲信用呀！"

后来全校都知道林永辉的承诺，并且人前人后地取笑他。学妹受不了这种压力，主动说拜拜。

"难道妳就不能和平分手？"林永辉回头找小倩问话。

"不能，人总得对自己说过的话负责！"她答。

后来林永辉在校期间一直形单影只，反观小倩也是，因为人总得对自己说过的话负责。

（注：男生都害怕成为第二个林永辉。）

嫁给邵夫后，陈凤霞时不时要面对他无休止的桃花事件，若不是为了肚里的孩子，她早一死百了。

好不容易熬到儿子成家，陈凤霞心想终于能安享晚年，哪知儿媳妇一天到晚跟儿子吵，还在她面前一把鼻涕一把泪地哭诉。

"男人啊！只要还肯回家、还肯给家用，其他就睁一只眼闭一只眼吧！"她不带一丝情感地答。

是的，自从儿子成年后，陈凤霞在男女之事上变得相当宽容，也终于能体会到当年婆婆的冷血。

　　"哈！原来不止风流会遗传，冷血也会遗传。"她忍不住嘲讽。

（595）

与毕亮分手后，小婉汇过去一笔钱。

"妳什么意思？"毕亮问。

"以前吃你的、喝你的、用你的，现在分手了，理应把钱退还给你。"她答。

毕亮心想妳欠我的，岂能用74658元偿还？于是又把钱汇回去，结果小婉又汇回来，就这么来来回回，直到有一天，毕亮终于停止动作。

这一边等不到汇款的小婉忍不住登门一探究竟，这才发现往日爱巢已经有了新的女主人。

"杀千刀的！"小婉把手里的包砸向毕亮，"你睡了我又去睡别人，怎么还好意思收我的钱？"

后来毕亮汇给小婉一笔钱，恰恰是当初所收钱数的双倍。

小婉心想你欠我的，岂能用149316元偿还？于是又把钱汇回去，结果毕亮又汇回来，就这么来来回回，直到有一天，小婉终于停止动作……

（596）

长星制药厂新推出一款治鼻炎的药（鼻炎通片），没想到误打误撞成了慢性皮肤病的克星。

"看来得提高数倍的售价才行。"有高层提议。

"不好，当初定价太低，一下子提高太多恐引发争议。"制药厂的CEO眉头紧锁，"坏就坏在风声已传开，其他厂家纷纷向我厂抗议，这如何是好？"

据不完全统计，全国患有慢性皮肤病的患者超过一亿人，由于是慢性的，时间往往可拉长数年甚至数十年，这是一笔庞大的财富。

"请问……"刚挤进管理层的小马开口了，"鼻炎通片能同时治好皮肤病，这是好事，怎么大家如丧考妣？"

此言一出，全场鸦雀无声，还好他的上级主管机灵，及时把他拉到会议室外，才没酿成大祸。

后来长星制药厂以鼻炎通片的副作用太大为借口，把已流通在外的药品悉数收回并加以销毁，另外推出鼻炎通片二代。

这款"改良版"新药虽然没有官方所谓的副作用，但贵了不止一星半点，与此同时，皮肤病患者也发现它缺乏疗效，于是又走上"轮番换药"的道路，这下子长星制药厂和其他厂家总算是皆大欢喜了。

黄怡芳正在分享台湾卤肉饭的作法，简智旻一走进餐厅，在场男人的目光立刻转移，话题也从"美食制作"变成了"气候暖化给人类带来的影响"。

"她就是这样，做作得很。"廖美京在黄怡芳的耳边低语。

这已不是第一次简智旻被针对，几乎所有的女生都恨她，但又奈何不了她，只能在背后咬耳朵，借以发泄心中不满。

"怡芳，最近好吗？"简智旻走过来跟她寒暄。

"马马虎虎，妳呢？"

"很好。"

"还在原来的公司？"

"嗯！"

"杨伟呢？"

"不知道，早分了。"

"单着？"

"没，新交的这个与我隔着半个地球。"

"他在哪里高就？"

"美国太空总署。"

"……噢！"

当大伙儿还在寄简历时，简智旻就已在外企谋得一职，听说薪水相当可观，没想到后来找的男友也如此杰出（甚至比连年拿奖学金的杨伟还优秀），黄怡芳立即失去与她交谈的兴致，随便找了个借口离开。

简智旻绕了一圈，发现来参加大学同学会的女生似乎都不爱搭理她，于是又重回男人堆里，这次的话题是美元走势，而另一厢的女人则聊着某个男明星的绯闻，笑声一拨接一拨，好不欢乐！

（598）

当看到那对土里土气的乡下人时，于娜还以为是男友家里的帮佣。

"娜娜，这是我父母。"易中生介绍。

于娜的心喀噔了一下，但很快释怀，不是说南部土豪非常低调，往往一件白背心、一双人字拖就出门吗？相形之下，易中生的父母穿的可要慎重许多。

"伯父伯母好，我是娜娜。"于娜毕恭毕敬地喊人。

可是等话闸子一打开，于娜才发现自己过于天真，眼前的男女不是四处收租的包租公和包租婆，而是实打实的劳动人民。

顾不得礼貌，于娜拂袖而去，从此生命中再也没有一个叫"易中生"的人。

有了前车之鉴，于娜择人首先看男方的家世背景，这个不过关，啥都别谈，可是命运就是这么奇怪，又给她送来一个骑自行车的小伙子——张启源。

于娜本来不愿搭理，但越想远离就越被吸引，这个男人自带贵族气质，一举手一投足，像极了名门之后。

"妳可想好了，我既没房也没车，微薄的薪水只够养活我自己。"张启源说。

"没事，只要能和心爱的人在一起，就算粗茶淡饭也甘之如饴。"于娜说完，脸上洋溢着幸福的笑容。

后来认识于娜的人都说她有富贵命，连张氏家族这样的大户人家也能成功拿下，在在说明姻缘乃天注定。

老实说，如果不是偶然间得知那辆看起来极为普通的自行车售价高达38万元，于娜也会相信姻缘都是注定好了的。

（599）

寒窗苦读十余载，董剑飞终于考中进士，正要在仕途上大展拳脚时，父亲的死讯传来，他不得不办理留职停薪，赶着回去守孝三年。

由于曾有官员在守孝期间作乐而被罢官，董剑飞不敢怠慢，匆忙在父亲的墓地旁盖了个简陋的棚子，每天披麻戴孝、粗茶淡饭，没多久便面容憔悴、形销骨立，让人为之动容。

好不容易守孝完毕，他马不停蹄地回京复职，此时才发现当年的竞争者都已经升官（有的甚至官拜三品），这让董剑飞颇为心急，还好在他的不懈努力下，仕途渐渐开阔起来，眼看就要大展鸿图时，母亲的死讯传来。

“天哪！杀了我吧！”董剑飞呼天喊地，甚至差点儿昏厥过去。

在场者无不称赞他是一名大孝子！

有一天，鸭妈妈带着七只鸭宝宝过马路，所有的车子都停下来让这支浩浩荡荡的队伍通行，然而就在鸭宝宝依序跳上人行道时出了点儿差错。

"加油！小五，你一定办得到。"鸭妈妈向它喊话。

小五试了又试，依旧跳不上去，于是鸭妈妈假装离开，目的是向小五施压（从而发挥它的潜能），结果旁观的车主Tim看不下去，他下车助小五一臂之力，然后心满意足地回到车上。

"搞什么？"鸭妈妈愤怒地嘎嘎两声，"没看到我在教育孩子吗？"

作者介绍

在异国的背景下加入缠绵悱恻的爱情故事是B杜小说的一大特点，她的文笔清新、笔触诙谐、画面感很强，读完小说有种看完一部爱情偶像剧的感觉，特别适合怀春少女及对爱情有憧憬的女性阅读。

另外，B杜还创作了系列小说（马力历险记、极短篇故事集、巫觋店等），欢迎关注。

ALSO BY B杜

《B杜極短篇故事集 (501~600)》 （繁體
字版）A Word to the Wise (Tales 501~600
in traditional Chinese characters)

* * *

《法兰西情人》 Love in France

《东瀛之爱》 Love in Japan

《新西兰之恋》 Love in New Zealand

《英伦玫瑰》 Love in England

《爱在暹罗》 Love in Thailand

《情定布拉格》Love in Prague

《狮城情缘》Love in Singapore

《爱上比佛利》Love in Beverly Hills

《梦回枫叶国》Love in Canada

《早安，欧巴》Love in Korea

《我在苏黎世等风也等你》Love in Switzerland

《迪拜公主的秘密情人》Love in Dubai

《马力历险记 1 之地球轴心》 The Adventures of Ma Li (1)：The Time Axis

《马力历险记 2 之黄金国》 The Adventures of Ma Li (2)：Eldorado

《马力历险记 3 之可可岛宝藏》 The Adventures of Ma Li (3)：The Treasure of Cocos Island

《B杜极短篇故事集 (1～100)》 A Word to the Wise (Tales 1～100)

《B杜极短篇故事集 (101～200)》A Word
to the Wise (Tales 101～200)

《B杜极短篇故事集 (201～300)》A Word
to the Wise (Tales 201～300)

《B杜极短篇故事集 (301～400)》A Word
to the Wise (Tales 301～400)

《B杜极短篇故事集 (401～500)》A Word
to the Wise (Tales 401～500)

《巫觋咖啡馆之梧桐路篇》The Witch &
Warlock Café on Wutong Road